松滋民间故事

熊韬 主编

人民日报出版社
北京

图书在版编目（CIP）数据

松滋民间故事 / 熊韬主编 . -- 北京：人民日报出版社 , 2024. 6. -- ISBN 978-7-5115-8335-2

Ⅰ . I277.3

中国国家版本馆 CIP 数据核字第 2024ZV0511 号

书　　名：**松滋民间故事**
SONGZI MINJIAN GUSHI

主　　编：熊　韬

出 版 人：刘华新
责任编辑：陈　佳
装帧设计：元泰书装

出版发行：**人民日报**出版社
社　　址：北京金台西路 2 号
邮政编码：100733
发行热线：（010）65369509 65369512 65363531 65363528
邮购热线：（010）65369530 65363527
编辑热线：（010）65363486
网　　址：www.peopledailypress.com
经　　销：新华书店
印　　刷：天津鑫恒彩印刷有限公司
法律顾问：北京科宇律师事务所 010-83622312

开　　本：880mm×1230mm　　1/32
字　　数：160 千字
印　　张：8.625
版　　次：2024 年 6 月第 1 版
印　　次：2024 年 6 月第 1 次印刷

书　　号：ISBN 978-7-5115-8335-2
定　　价：49.80 元

《松滋民间故事》编委会

顾　问：沈先武

主　任：王权武

副主任：黄振亚

委　员：廖义华　刘李红　傅华平　杨明勇

　　　　黄　飞　陈　熳

主　编：熊　韬

副主编：杨德峰　彭　龙

编　委：王德洪　文志祥　文维福　艾立新　许弟华

　　　　许健葵　向光荣　杨祖新　陈　微　谢学圣

前　言

　　松滋历史悠久，文化底蕴深厚，是湖北少有的千年古县之一。考古发掘出土的桂花树遗址和关洲遗址证实，早在 8000 年前的新石器时代，人类就在这里繁衍生息。相传舜帝南巡，曾设义渡；夏禹治水，曾凿采穴；关云长巡营，在此卸甲换甲；吴三桂反清，在此驻兵练兵。更有寺观林立，街肆纵横。

　　松滋自然条件优越，物产丰富。山接武陵、巫山，水连长江、洞庭。境西之大岭，海拔 815 米，号称"荆州屋脊"。洈水、松滋河贯穿境内，浇灌着 2177 平方公里土地，孕育着汉、回、土家等 13 个民族 82 万松滋人民。白云边的酒、沙道观的鸡、洈水湖的刁子、麻水坪的豆皮历为当地特产；洈水水利工程"亚洲第一坝"、王家桥古生物化石"阿喀琉斯基猴"更是名扬天下。

如此历史悠久、文脉深厚且物产丰饶的巴楚之地，为民间故事的产生、发展和传承，创造了十分优越的条件。新中国成立以来，党和政府就一直重视收集、整理民间故事的工作。1982 年，松滋县文化馆曾编印《松滋县民间故事传说集》；1991 年，松滋县文化馆又编印了《松滋县民间故事集》。但由于当时认识上的局限，相关成书资料未能深挖、内容未能深究、书外遗珠较多，而且印数太少，未能满足人们需求。现如今，上述图书罕见存世。而且，因当年的民间故事家、搜集整理者多已作古，即便健在的也都步入耄耋之龄，精力受限，致使松滋民间文学面临逐渐消亡的危机。为此，松滋市民特别是文化文艺界的有识之士，恐无人为继、瑰宝失落，大呼"抢救"。因而在松滋市委、市政府的高度重视下，市委宣传部（市文联）策划组织、大力发动、筹措资金，交由松滋市诗词楹联学会具体采集、编纂，共历时 3 年，力成此书。

定稿后《松滋民间故事》共分为地名故事、生活故事、童话故事、机智人物故事、歇后语故事五大类，共 200 则。它具有以下特点：

一是故事中的人物与事件全部发生在松滋。故事的主人公不是出生在松滋，就是在松滋生活、游历、工作过。如舜帝南巡留下的虞渡寺，关公巡视荆南留下的歇天寺、换甲山，黄庭坚留下的苦竹寺，吴三桂反清留下的皇陵湖、跑马堤，这都是松滋至今仍在沿用的地名。南北朝时期高僧法安舌灿莲花、明代进士王其勤巧答荆州知府、清代神童谢元淮妙对主考官陶澍，以及邪八抬等智慧人物智斗财主，则都是独属于松滋人的故事。

二是故事具有明显的巴楚文化特点。松滋地处长江中游，是巴楚文化交融之地。在古代，这里的先民崇拜巫鬼，因此也流传着许多的鬼神故事。先民们在那个信息闭塞、文化程度普遍不高的社会形态中，常常利用这些鬼神故事来劝人向善。这在"地名故事"中居多。先民重祀尚礼，在酬神祭祀中又产生了雅俗共赏的类似"竹枝词"的歌谣，通过历代民间文艺家的推动，成为一种正儿八经的文学形式。松滋先民无论是在日常生活、劳作中，还是在红白喜事及交际中，都离不开歌谣，俗称讲"四言八句"，又称斗诗，极具巴楚特色。这在"生活故事"中居多。

三是故事涉及的内容十分广泛。从人物上看，既有名震天下的名将、巨儒，也有名不见经传的车把式、庄稼汉；从地理上看，既有大江大岭的故事，也有讲述小桥小庙的来历；从风俗上看，既揭示民俗形成的原委，也寓示着民俗对人们的影响；从发生年代上看，上至五帝时期虞舜南巡，下至近代以来人文逸事，兼收并蓄、古今并重。整个故事集为读者呈现出一幅色彩斑斓的民俗画卷。

四是大量采用了松滋的方言俚语。我们在保证读者能正常阅读，不引起歧义的前提下，尽可能采用原汁原味的本土方言来叙述。保留大量的方言俚语，不仅令故事显得更加真切生动，而且有助于读者准确理解故事发生地的风土人情和风俗习惯。

《松滋民间故事》是一部松滋文化史诗，也是一座民间艺术宝库。它记载着松滋的人文历史，也体现着先民的聪明才智。它既可作为激发市民爱家乡热情的乡土教材，也可作为松滋对外宣传的窗口和载体。它的出版对弘扬优秀民间文化，进一步推动松滋文化的挖掘、传承和保护工作，将起到积极的作用。

编　者

2023 年 3 月

目　录

目录

07

卷二

生活故事

目录

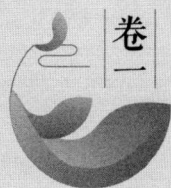

地名故事

新江口街道

。
　。
　　。

字纸炉

　　字纸炉位于新江口街道拦龙寺旁，即今字纸篓闸处。清朝末年，新江口还叫划子嘴，当时有很多逃难的难民来此避居，其中有一位名叫贤二的先生，虽然衣衫褴褛，但是能写一手好字。他以替人写书信及招牌为生，也偶尔受聘为住家私塾先生。贤二先生对所用的字纸从不乱弃，平时在路上见有字之纸也收拢保存，并教说他人有字之纸不能丢弃、踩踏，更不能用作厕纸，意在圣人造字不易，不可辱没斯文。每逢农历初一、十五，贤二先生便将所拢之纸在拦龙寺堤外集中焚化，口中念念有词。后来为防风吹纸散，贤二先生便拾砖建炉，炉高四尺余，形似宝塔，正面炉壁上书写"字纸炉"三个大字。民国初年，兵荒马乱中，贤二先生生计无着，只得随逃难人流而去。后来，简陋的字纸炉也砖塌炉毁，仅留下这个地名，又几经讹传，今已成为"字纸篓"。

（徐昌泰讲述并整理）

金银洞

相传，在今糖铺子村金银山下住着两姐妹，从小父母双亡，二人只好给财主帮工，受尽欺凌。

一日，姐妹俩到山上打柴，看见满山都开着金银花，一时触动了心思，想起了爹娘去世后的艰辛，两人伤心地哭着，泪水染湿了衣襟，点点滴滴洒在金银花上。忽然，背后传来了轻盈的脚步声，只见两位俊俏的姑娘向她俩走来，金姑娘拉着姐姐的手，银姑娘摸着妹妹的头，细声说："你们不要难过，先到我们家歇歇脚吧。有什么难处，尽管讲。"姐妹俩朝前一看，只见半山腰岩石下有个洞穴，洞穴上刻着"金银洞"三个大字。姐妹俩随着金姑娘和银姑娘走到洞内，里面十分宽敞，洞内大厅里摆设着整齐的家具，十分精致，富丽堂皇。桌椅全是银的，杯盘全是金的。两姐妹看得眼花缭乱，金姑娘对姐妹俩说："你们要什么就拿什么，用不着客气。"姐姐看了看金姑娘说："把你们的碗借两个。"妹妹说："屋里没有米，借碗也没用啊！"银姑娘便在碗里各放了一粒米，然后递给姐妹俩说："你们拿去吧，如果再来找我们，就站在山前说'金姑娘、银姑娘，我们有事情来商量'，门就会开的。"

姐妹俩欢欢喜喜地回到家，说也奇怪，碗内的米都变成了香喷喷的白米饭。热气腾腾的白米饭供应不绝。姐妹俩再也不愁饭吃了。她们打算等到自家粮食收获以后，就将碗还给金姑娘、银姑娘。

附近有个地痞听说了，准备派人去夺。当天晚上，姐妹俩带着金碗，直奔那金银洞。姐姐喊道："金姑娘、银姑娘，我们有事情来商量。"姐姐话音刚落，洞门立即开了。金姑娘、银姑娘热情地迎上前，问明缘由。谁知那地痞趁姐妹俩往金银洞还碗的时候，偷偷地跟踪过来躲藏在洞旁茅草丛中，等姐妹俩一走，便也朝洞内喊："金姑娘、银姑娘，我们有事情来商量。"果然，洞门大开，地痞不顾一切地往洞内钻。看见一堆堆金光闪耀的宝贝，欣喜若狂，用衣兜裹了满满一包，嘴里还叼了一大包。正要朝洞外走时，突然一声巨响，洞门迅速合拢，把那地痞活活闷死在洞内了。

（赵道清讲述，谈大新整理）

白马庙

白马庙坐落在新江口柘树垸村，相传建于清代。200多年前，柘树垸内有一座小桥叫藤子桥，桥边住着一位黄姓老人。老人年岁虽大，却耳聪目明，甚是灵光。这天夜里，他刚刚吹灯上床，忽然听见屋后的麦田里传来一阵响动，先是"哒哒"的踩踏声，接着是"咂咂"的咀嚼声，显然是有牲畜来田里捣乱。他连忙翻身下床，操起一根竹棍，拉开门闩，只见明朗的月光下，田里的麦苗正齐刷刷地对他点头，哪里有什么牲畜？他便放心地回房安歇。

第二天清晨，老人打开后门一看，傻眼了，昨晚还完好无损的麦苗，竟然被吃了一大片。更奇怪的是，接下来的几个晚上，他都会听到相同的声响，待他出去却又什么也没发现，而次日清晨，地里的麦苗总会莫名其妙地缺掉一块。这是怎么回事？老人既迷惑又气愤，决定弄个明白。

当晚，他没有点灯，早早藏在后门的屋檐下，做好了拼死一搏的准备。可几个时辰过去了，四周竟没有半点动静。待他准备回屋时，那熟悉的声响终于出现了。借着夜色，他看到一匹膘肥体壮的白马，正优哉游哉地啃着麦苗呢。"畜生，哪里逃！"随着一声怒吼，老人扬起手中的镰刀，朝着白马扔了过去。只听得一声痛楚的嘶鸣，一道白光从麦田闪出，很快消失在夜幕下。

　　这嘶鸣声实在太大，把村民们从睡梦中惊醒了。大家打着火把，将村头村尾寻了个遍，最后在位于藤子桥北边的黄氏祠堂中发现了它。只见那白马脖子上血迹斑斑，双目圆睁，一动不动地僵立在祠堂正中央。胆子大一点的村民上前一摸，才发现它早已气绝身亡。一时间，整个黄氏家族惊恐不已，认为这匹白马一定是得了神灵的旨意，专门到黄氏祠堂来受香的，而老人却误杀了它。经过商量，他们决定将这匹白马的真身安放在祠堂内，供族人叩拜。自此，曾经的黄氏祠堂便成了一座香火兴旺的庙宇。为了纪念这匹白马，后人给庙宇取名为白马庙。

（张丹讲述并整理）

乐乡街道

关　洲

关洲是长江车阳河段的一个江心洲，其名出自《诗经》："关关雎鸠，在河之洲。"它曾是枝江古八景之"三洲烟浪"所在地。清代有诗为证："雨后波涛争怒，宵来灯火相望。九十九洲何处，有人对此茫茫。"

洲上有 10 余户人家，一度为松滋、枝江、宜都三县民众杂居。关洲上原有一座古刹，称"净居寺"。后来又有不少僧人慕名而来，渐渐地僧人发展到 99 名，而且始终不满百人。若够上 100 名僧人，便会有一人圆寂。

相传，关洲是被一只大鼋驮着。长江发大水时，大鼋便托着关洲上浮；退水时，关洲便随着大鼋下落，始终不会被江水淹没。但不知哪一年，也不知什么原因，大鼋竟离关洲而去。长江再发大水时，关洲被淹了。大水冲毁了农田，摧毁了净居寺。

2015 年，省文物考古研究所在关洲发现距今约 8000 年的城背溪遗址，出土大量兽骨、鱼骨、打磨石器、原始陶器。关洲遗址的发掘将松滋人类居住史提前了 2000 年。整个文化遗址厚达近 10 米，是长江中游同时期规模最大的遗址。

（王伯昌讲述并整理）

白龙潭

八眼泉奶子山左侧山脚下有一个百米来宽的大堰塘，水色湛蓝，深不见底，人们称它为白龙潭。传说，有一条白龙应邀参加东海龙王女儿婚宴之后，打算返回西海。当飞经奶子山上空时，发现山下有一火球，便知人间有难，白龙即刻吸洞庭湖之水将此火球喷灭。因白龙心急如焚，喷水灭火用力过猛，将地面喷出一个深坑。深坑迅速积水成潭，白龙也因此内力受损，只能留在潭中养伤。后来人们称之为"白龙潭"。

白龙养好伤后，眷恋此地，便在潭的北面小山丘旁建起了宅第，自己化作董姓员外居住在这里。董姓员外一直与当地村民相安无事，他喜欢收藏金银器，餐饮器具中有银筷子、银碗、银杯子共 32 套，还有金边盘 24 个、金边大汤碗 4 个。凡遇周边村民婚丧嫁娶宴会聚餐时，董家都会主动借出，且分文不取，让普通百姓家享受着达官贵人的待遇。于是在当地形成了"有借有还，再借不难"的风尚。

一天，村民朱老二家建房上梁，借用董家金银餐具后，归还时故意少还了一双银筷子。董员外得知后，龙性爆发，顿时暴风骤雨，忽然一道闪电，炸雷巨响，将自己的宅第变成了土山，朱老二从此也消失得无影无踪。后来人们知道是白龙潭里的白龙在惩治朱老二，便警示子孙后代要讲信用、守规矩，诚实做人。后来人们将这座曾经辉煌的小山丘称为"古龙堡"。

（杨祥清讲述并整理）

南海镇

。
。
。

南海庙

南海庙位于小南海湖中的荷叶地，清同治九年（1870）大水淹没前为关帝庙，后洪水将关帝庙冲毁，此地沦为湖心岛，这个小岛被称为荷叶地。乡民们传说是当年观音菩萨治理小南海时，信手摘来一片荷叶浮于水中，供歇脚打坐之用。此后，这片荷叶就变成了陆地，水涨地高，水退地落，浮于湖中。周边民众遂靠山吃山、靠水吃水，多以打鱼为生，为祈求出行平安，便在原关帝庙庙基上捐建了南海庙，又称观音庙。

关于修建南海庙还有一个故事。相传南海庙的大殿墙壁，一面完好无损，一面陈旧残缺。据说这两面墙分别是师徒所修。师徒同时开工，徒弟仅用了一天工夫就将一面庙墙建成，墙壁笔直，粉刷均匀，壁画生动。而师傅却用了 3 天时间才完成另一面庙墙。徒弟自以为艺高绝世，便不把师傅放在眼里。数年之后，徒弟又路经南海庙，抬头看见庙墙上写着：

大殿双壁何人修？一面美来一面丑。

谁精谁粗谁不晓，劝他再把师傅求。

念完这首打油诗，再比较两面墙，徒弟羞愧难言，他一口咬破指头，用血在庙壁上写道：

大殿双壁师徒修，师傅美来徒弟丑。

血洗过失心一片，重拜师傅把徒收。

（徐全甫讲述，谈大新整理）

剑峰山

剑峰山位于南海镇剑峰村，是松滋古八景之"剑峰丹鼎"所在。山势陡峭，像一把利剑直插云霄，因此得名。

相传，很早以前吕洞宾曾受白云仙长之邀，到蓬莱山观牡丹。行经北海时，见龙伯国巨人钓得巨鳌 6 只，已经烹杀了 5 只。吕祖见这些巨鳌都是北海驮山的万年黑龟精，顿生恻隐之心，于是说情救下最后一只放生。过了若干年，吕祖到岳阳楼三醉后，路过剑峰山，相中这块宝地，便在山顶炼丹。他引来南方赤凤髓燃火，炼了七七四十九天，但因剑峰山下溪流水量有限，金丹无法冷却凝固。吕祖正在沉思补救之法，突然见天上黑云密布，顷刻雨水如注，金丹炼成。吕祖收起金丹，掐指一算，方知是他曾经救下的黑龟精，为报旧恩，吸来北海之水，助其一臂之力。但因水势过猛，吞噬了附近的村庄。吕祖仰天长叹，将拂尘朝山下一抖，风停雨歇，云破天开，黑龟精也顿时化作一块巨石，永远僵立在湖边悔过。吕祖后将所炼金丹撒向灾民，飞升而去。直到明天启年间，有乡民在剑峰山上耕作时，听见隐隐有钟鸣，且22天没有停止，乡民循声掘得古鼎一尊，相传为吕祖当年炼丹所遗。乡民将古鼎献给县令王继康，王县令不敢据为己有，捐资于山顶修建剑峰寺供奉。不知何年何月，寺中古鼎不翼而飞，从此以后，炼丹台及山峰逐渐崩塌，成为小丘。

（熊韬讲述并整理）

回龙寺

在南海镇张家坪村境内林夏湾附近有一座古刹——回龙寺。

　　相传，回龙寺原名佛缘寺。一日大雄宝殿柱上的盘龙突然脱落，住持长老慧眼一观，原来是玉龙化成人形走脱，忙请护法神将将其拦截。玉龙向北行不多远，护法神将从天而降，将玉龙拦住，劝玉龙回佛缘寺继续修行以成正果。玉龙自恃法力高强，不愿回去，与护法神将斗起法来。一时风雨交加，雷声大作，天昏地暗，玉龙最终败下阵来。喘息刚定又见天罗地网，无路可逃只得回到佛缘寺。天色已晚，玉龙便在山门外的堰里洗了一个澡，上岸时现了原形。这时只见一位老者手持锡杖站立山门外，手抛一物现出一道金光，锁住了玉龙，然后现出真身，原来是观音菩萨。观音菩萨向佛缘寺后山一指，出现了一个洞口，转身对玉龙道："好好在洞中修行，守寺护民，修成正果。"说完驾云而去。

　　玉龙入洞中勤苦修行，3年后得法旨，受封为佛缘寺大雄宝殿盘龙护法。这时玉龙身上的枷锁已不在，玉龙走出山洞，来到了佛缘寺。大雄宝殿一声巨响，住持长老出来一看是玉龙回来了，盘在大柱上鳞爪生辉。佛缘寺从此改名回龙寺。长老又在护法神将拦阻玉龙的地方化缘兴建了一座佛寺，名叫拦龙寺，位于今新江口河堤上。玉龙修成正果后惩恶扬善，留下不少佳话。

（谢学圣讲述并整理）

九女堆

在南海镇麻城垱村境内有一小丘,名叫九女堆。

相传很早以前,湖畔住着一个叫陈麻子的大富豪,他长期欺男霸女,胡作非为,只要他看上的闺女都被他强行抓来当用人。不到几年,抓来了九个姑娘。这九个姑娘表面上是用人,慢慢就成了他的偏房,备受凌辱。九个姑娘被逼得走投无路,有一天深夜,她们在长工的帮助下悄悄地逃出了陈家。

第二天,姑娘们来到了风暴岭一带,刚过枣子湾,突然雷电交加,下起了瓢泼大雨。九人来不及躲避,只好挤在一个陡坎下避雨。雨越下越大,冲垮了陡坎,九个姑娘就被活活压死在陡坎下边了。时间一长,九个姑娘的坟包渐渐地增高增大了。

有一天夜里,九个姑娘给长工们托了个梦:如有为难之事,就到坟堆那里去找她们。第二天,长工们来到坟前,焚香烧纸,并说希望每人能得到一双新鞋。第三天清晨,长工们来到坟前一看,果真给每人备好了一双新鞋。这件事被陈麻子知道后,他眼红了,他想得到无数金银财宝。这天,陈麻子来到坟前说:"我要得到一匹金马。"次日清早,只见坟前金光闪闪，一匹金马站在那里，陈麻子欣喜若狂。正在这时，天空突然乌云滚滚，刹那间霹雳一声巨响，金马不见了。只见九女坟顶闪出一道金光，九只白鹤从坟顶展翅翱翔，自由自在地飞向了天际，陈麻子被雷劈死在了九女坟前。

这九个姑娘被埋于此，但每每显圣护民，人称九仙女。有一年，一乌龟精兴风作浪，民众饱受水灾之苦。乡民们前往九女堆前立门楼，设供案香台，烧香化纸，求仙女保佑。祈祷刚毕，只见乌云滚滚，电闪雷鸣，九仙女齐心协力将乌龟精镇压在九女堆附近，化为乌龟山。退去洪水，村庄恢复了往日的安宁，民众得以安居乐业。后来，人们为了纪念这九个可怜的姑娘，把此坟称为"九女堆"。

（张晓超讲述，邓林奎整理）

老妈湾

在南海镇夹巷村境内有一自然村落，名叫老妈湾。

在清道光年间，一位名叫佘光礼的人，因长相酷似一老妇，自称"老妈"，别人也就称他为"佘家老妈"，他居住的湾子称"老妈湾"，这地名一直沿用至今。

"佘家老妈"与佘文铨的父亲佘曰珠同辈，所以佘光礼是佘文铨的叔叔。这佘文铨，在清嘉庆九年（1804）中进士，曾任翰林院庶吉士，后协助治江修河工程有功，升为郎中，兼军机处行走。道光年间又升为江南道监察御史。"佘家老妈"通文墨、善词讼，能言善辩且为人刻薄，加上他倚仗佘文铨的权势，无人不惧他。因此，来松滋当县官第一件事必须先去拜望他，不然就会被他刁难设绊。

传说，有一任知县在松滋上任，正值插秧时节。"佘家老妈"知晓知县即将到访，竟把桌椅搬到水田里，坐在椅子上看书。县令就下水田拜望于他，弄得满身泥水，毫无不悦之色，拜望毕回府。次日，这位县令自己骑着马叫随从抬了顶轿子把"佘家老妈"接到县衙。在半道上见一群鸡在田里啄庄稼，县令问："佘老先生您看这鸡有罪吗？""佘家老妈"将头伸出轿外，看了一眼，说："这鸡有罪。""何罪？"县令问。"你看这鸡两爪刨根，一嘴啄芯，吃了国家皇粮，断了百姓性命。"县官听罢深深地吸了一口气。不一会儿，回到县衙，茶饭过后，县令见厅堂外9岁的小儿在踢毽子玩，又问："老先生，此儿有罪吗？""佘家老妈"下位看了看毽子，想了一下，回到座位上道："此儿有灭门之罪。"县令反问："何罪也？""你看他手提毫毛，脚踢万岁，难道说不是灭门之罪。"原来这毽子是用明眼钱做的，钱上有"道光通宝"字样。县令惊得目瞪口呆。"佘家老妈"见状乘势说："我不上报！但你答应我，老妈湾看在佘文铨分上不摊粮、不拉夫。"县令连连答应，并立石碑为据，从此老妈湾一直不派粮、不拉夫。

不久，这位县令卸任回到老家。清道光二十八年（1848），时任县令陆锡璞擅长堪舆学，为了不受当地乡绅恶霸的欺侮，决定破坏他们的住宅风水，于是在松滋境内开挖了 24 个断山口，南海断山口即为了断佘家风水而挖。

（谢学圣讲述并整理）

王家茶园

王家茶园位于南海镇金鸡寺村境内。王家茶园相传是明朝开国功臣、定国王后人的避难隐居之所。

据《王氏族谱》记载，朱元璋与陈友谅争夺天下时，曾对阵鄱阳湖，两军在康郎山水域交战，朱元璋战舰被陈友谅手下张定边所击，战舰搁浅，朱元璋凫水而逃，正好福州茶商林文清、林文海兄弟的商船在康郎山避难，他们将朱元璋救起。朱元璋当即与二人结为异姓兄弟。大明开国后，洪武大帝封林文清为定国王，封地在荆南松滋、枝江一带；封林文海为少保，封地在江陵，但二人并没有居住在封地。林文清有三个儿子：庆一、庆二、庆三。洪武十一年（1378），湘王朱柏征聘林庆二为湘王太傅。建文元年（1399），燕王朱棣告湘王谋反，湘王畏惧，与林庆二等近臣自焚而亡。其弟林庆三怕受株连，率家属逃至封地，以爵为姓，改姓"王"，重立宗派，自此在松滋隐居。他们开垦山地，种上良种茶树，轻车熟路，经营起了祖业。他们耕读传家，忠厚待人，生活富足，五六百年间长盛不衰，出了许多名士贤达。

（谢学圣讲述并整理）

红雀寺

南海镇断山口村 8 组有一红雀寺。因曾是吴姓家庙，又称吴家庵子。第一代长老和尚吴超藏，号天庵上人。生于清康熙十四年（1675），乾隆二十八年（1763）九月初八圆寂，世寿 88 岁。天庵和尚圆寂后，肉身盘腿坐式供奉庵中，历经 200 多年，体态及各个器官、毛发完好无损，肤色暗红，只是肉身干枯，称枯和尚。

红雀寺最先叫报本寺，由吴超藏始建于康熙四十二年（1703）。吴超藏本名李真仁，祖居湖南，从小学木匠。18岁那年，李真仁准备出师。事有不巧，在一东家屋里做木工活的时候，东家一个 3 岁小孩在砍斧板凳前玩耍，李真仁扬起的斧头突然脱落，将这个小孩的头劈成两半，小孩当场死亡。李真仁吓得不知所措，丢下斧头就拼命跑了出来，他不知跑了多远，也不知方向，只觉筋疲力尽，于是就停下来伤心地哭。这时，有一只红雀在他面前叫个不停，李真仁赶它也不走，但一捉它就往前飞。就这样，李真仁跟着红雀走了好远，来到松滋一个茂密的森林里，走到这里红雀不见了。在这里李真仁看到有山有水有树木，环境非常好，加之有命案在身，只好停下来，就决定住在这里。住下来做什么呢？李真仁想，自己是罪孽深重之人，还是削发为僧思过吧。于是，李真仁带着一颗忏悔之心，到公安县二圣寺出家。10 年后学成归来，在此建一寺，取名报本寺，以表示要悔过并报恩之意。因当地吴氏为大姓，李真仁怕难以立足，于是就自己改姓吴，名超藏。

后来，吴超藏自知来日不多，于是，身着袈裟，盘腿坐在一个四方木凳上，手敲木鱼，口诵佛经，又吩咐弟子们把大钟抬来，将自身扣住，再三叮咛，3 年后方可开启。吴超藏在钟内禁绝饮食，诵经敲木鱼声时有所闻。3 年后，弟子们将大钟抬开。只见长老枯瘦如柴，怒目圆睁，肉身不倒，盘坐如生。

弟子们认为吴长老长期修炼已成正果，恩也报了，愿也了了，师父原是一红雀引来，还是顺其天意，改名红雀寺，并将其肉身供奉庵内，设香案顶礼膜拜 200 余年。

（谢学圣讲述并整理）

锅井潭

　　锅井潭位于磨盘洲社区境内，南海大桥东的小南海湖畔。听老人们讲，这里原有一口无名井，水深不可测。井中有一水怪经常兴风作浪闹水灾。一闹水灾，良田淹没，房舍漂浮，百姓日无食夜无宿，怨声载道。

　　一天，一位和尚化缘到此，正遇见水怪作祟。只见一黑蟒露出井口，摇头三下，一时乌云密布，紧接着井中喷出三股 3 米多高水头，四下横溢。化缘的和尚口念：阿弥陀佛！忽然一股大水向他冲来，这和尚急忙一个旱地拔葱跳过水头，作起法来，来来往往七八十个回合，水怪战败，大水退去，恢复了平静。

　　大水退后，化缘的和尚走进附近杨泗庙，与庙里僧人做了一场水陆法会，超度亡灵，然后对在场的百姓说："杨泗庙中有一口做饭的锅，是一口金锅，我在锅里画了一道符，可镇住井中水蟒，大家把这口锅抬去扣在井上就行了。"于是，众百姓把金锅抬去扣在井上。说也奇怪，这金锅一

扣在井上，井渐渐往下沉，后来形成了一个潭。从此，水
蟒再也没出现过，老百姓过上了平平安安的日子，称这里
为锅井潭。

（谢学圣讲述并整理）

老城镇

○
○○
○

白龙埂

　　松滋旧县治老城出西门沿松滋河而上约 3 公里，有一道山岭高百米，白色岩石伫立河边，从枝江百里洲方向望去，宛如白龙俯首在饮水，因此该地得名白龙埂。

　　相传在清末，有一位精通地理的风水大师路经松滋老城，他站在南门外制高点风包岭向北望去，观其地貌，断言道：此山脉如游龙，会增长前行，如果继续向北推进，势必阻断松滋河，诱发天灾人祸。地方官吏闻言，心想此事关系重大，必须奏请上宪裁决。不久，上差传令，斩山龙而阻其势。于是，地方官吏组织民夫在风包岭下，选定山的腰部开挖，即斩断山龙。当时，数百人锄挖肩挑，开挖深至数丈，山峦已成两段。可是万万没想到，有人在晚上听见山龙在说话，龙曰："不怕你挖，不怕你挑，只怕铜针钉我的腰！"时人闻言，琢磨着哪里有偌大的铜针呢？常言道：三个臭皮匠，顶个诸葛亮！此时，有人突发奇想，何不将桐梓树（果实可榨桐油的乔木）砍成桩，众人用力往下钉，岂不是桐针钉它的腰吗？于是，大家满山遍野去采伐既粗且直的桐梓树来做成桐针，众人搭高台、架天碇合力往下钉打。不几日，只见龙头西侧七里冲出口流出鲜血般的红水，从此，此处称红（洪）溪口。

那时，在今陈店、老城沿河的一些地带尚属枝江县，松滋、枝江两县官署及百姓常年为地界闹矛盾、打官司。由于枝江县所属地域为零星的飞地，所以起纠纷时常常吃亏，枝江县令非常头疼。据说，他耳闻这一位风水先生的大名，就差人将之接到枝城，商量如何破松滋县的风水。风水先生经过一番查勘后，就向枝江县令献计，将枝江百里洲临松滋河的小地名进行了更改。将白龙埂对河改为史家河（谐音"死家伙"），而白龙埂西侧临江还有两座山头，一座名曰酒甄子，另一座名曰灯盏窝。他们将酒甄子对面改为胡家河（谐音"糊家伙"），将灯盏窝对面改为徐家河（谐音"熄家伙"）。据说自从改名后，此地再未出达官显贵，直到如今这些地名依然保存着。

（向光荣讲述并整理）

文昌宫

文昌宫又名流来寺，位于松滋河方家渡口的河堤之上，老城镇文昌宫村因它而得名。

1935年七八月，松滋河发大水，河中浊浪滚滚。巨大的洪峰裹挟着房架、树木、渣草及人畜尸体向南流去。这时，河岸一个矶头处漩流的回水，将一尊一米左右的神像冲到岸边。有一位青年人出于好奇，将它打捞上岸。这尊木雕，仪态端庄，面有慈祥之容，头戴峨冠，左手持书，右手指向前方，似在给人们指点迷津；身着长袍官服，浑身描金，尽管被水冲刷，颜色有些斑驳，但也不失为神像中的一件珍品。在观看水情的人群中有一位老者，他知道这是文昌帝君，此神专管天下功名、禄位。若是崇敬他，地方上的文化就会昌盛，个人读书就会步步高升。

后来，河中又流来了鼓架和鼓，还有木鱼、桌椅，甚至还有圆木等物。可以推想是长江上游一座宫观被洪水冲塌，庙中之物流向下游。当地有一名杨姓绅士，长期礼佛修道，很虔诚。他一边组织百姓将这些法器及木料打捞上岸，一边召集当地的一些头面人物商议修建一座庙宇，让文昌帝君有一个安身之所，大家都赞成。不久拟订了修建方案，组建了修建班子。杨姓绅士为总负责人，以石匠田植贵为工匠领修。大家分头募集资金和建筑材料。地基选在帝君上岸的堤上，100多名信士挑了半个月的土，填宽了大堤，并夯实了地基。按照工匠绘制的图纸经过半年施工，文昌宫已初步建成。前有3间大殿，后有4小间，南有3小间。坐东朝西，前望永丰垸平原，松滋河绕其东。宽敞明亮，很是气派。门外有一对石狮，形态庄重而逼真。杨姓绅士又延请沙市的觉慧尼姑来庙中做住持，觉慧来后，请泥塑匠塑造了观音、释迦牟尼、十八罗汉、十殿阎君、雷公电母等数十尊释道神像，供在大殿内神龛之上。文昌帝君坐在中央，为庙中主神，这座庙也就成了一座释道合一的宗教场所。后来觉慧住持又收了几个徒弟，一时间文昌宫兴盛起来，这个地名也就沿用至今。

（袁世林讲述并整理）

等界寺

等界寺位于老城镇碑亭湖附近。因南齐名士刘虬曾在此隐居注《法华经》而扬名。

据明末河道总督朱光祚的《三公堤碑记》记载，在宋代元祐年间，立有一块等界寺碑，称此山为第五等，东至天台、南至普陀、西至峨眉、北至五台，而等界寺位于其中。寺门前有石笋两株，非常奇特。明英宗天顺二年（1458），暴雨时被雷劈断一株，另一株后来遭水灾堕入淤泥中。

南北朝时期，著名大和尚释法安驻锡该寺。法安 18 岁时，游学金陵，后拜在兴皇寺法朗座下 10 余年。在法朗三千门人之中，法安一枝独秀，有三绝之名：其一身长八尺，风仪秀拔；其二穷研佛经，解义精深；其三端庄谨慎，精进洁己。法安深受法朗器重，中年后云游荆州，在松滋等界寺任主持，辩经求法者不绝于途。一天，法安照例登坛说法，滔滔不绝，舌灿莲花，对僧人、信士的提问也对答如流。适逢荆南僧正（管理僧尼事务的官员）考核僧尼到此，在台下静观法安的风仪，频频颔首叫好，忍不住上前问道："佛门经义，你都精通了吗？"法安回答道："义若恒沙，学无止境！"这一回答，令僧正更加敬重。当时佛门中法号叫作"法安"的较多，为了区分，僧正便称他为"沙安"。法安在松滋等界寺弘法近 30 年，世寿 65 岁，圆寂于等界寺。明代老城北门一位乡绅仲利贞曾题诗《游等界寺》：

一入禅林景最幽，于今又喜老僧修。

云遮佛顶人身见，日耀龙宫宝藏浮。

山接峨眉真等界，水奔东海合川流。

相应必是维摩诘，永镇江心万古愁。

今仅存该地名及“等界寺”石碑一方。

（熊韬讲述并整理）

涴水镇

。
　。
　。

蚌壳岩

在涴水石牌老街对河有一块巨石，形似蚌壳，涴水河修筑拦水坝后被淹没，但是"蚌壳岩"这个地名及相关故事被流传了下来。

相传，河畔有个叫香哥的小伙子，勤劳善良，孤苦伶仃，靠帮工打柴谋生。乡邻都很喜欢他，可就是没有称心如意的姑娘嫁给他做妻子。

一天傍晚，香哥打柴回来，只见河边有只鱼鹰啄着一只蚌壳。他觉得蚌壳很可怜，于是，赶跑鱼鹰，把蚌壳带回家，放在水桶里，准备第二天放到河里去。

次日清晨，香哥上街卖完柴回到家里，准备做饭，揭开锅盖一看，早已饭熟菜香。香哥觉得很奇怪，再一看水缸，水缸里的水也是满满的。他来到房里，看见换下的衣服洗得干干净净。一连几天都是这样，香哥想要看个究竟。这天早晨，他照样挑柴上街，没走多远便回来躲在窗下偷看。一会儿，一个漂亮的姑娘从水桶里走了出来，并开始淘米做饭。香哥看呆了，心想：要是有这位姑娘做妻子，该有多好啊！他走进屋里，亲热地叫了声："姑娘。"姑娘见有人叫她，回头一笑，羞答答低着头，欲钻进水桶，却遭香哥抢先按着水桶。香哥再三要求姑娘讲出她的来历，姑娘含着泪水，向香哥讲了她的身世：原来她是东海龙王公主的侍女，因为抗拒龙王三太子的调戏，从龙宫逃了出来，来到㳇水河边，不幸搁浅在沙滩边，被鱼鹰啄上岸，是香哥救了她。香哥也把自己的处境告诉了姑娘，并要她留下做自己的妻子。姑娘也很同情香哥，就答应嫁给他。姑娘告诉香哥：蚌壳要埋在河边的水里，才不会干死，留着它今后有用处。香哥同意了，两人结为夫妻，婚后生活美满。

当地有个叫胡赖的地痞，一贯寻花问柳，香哥曾在母亲去世时找他举过债，一直无力还清。胡赖知道这件事后，要香哥用老婆抵债。蚌姑娘对胡赖说："你要钱也好，要人也好，请跟我到河边去拿。"胡赖跟着蚌姑娘来到河边，只见蚌姑娘拿出一个蚌壳，放到河水里，划了两划，蚌壳一下子长大。只见里面金光闪闪。蚌姑娘走了进去，拿出金砣巴（方言，即球形或块状的金子），交给胡赖说："这回还清了吧！"胡赖看呆了，忙问姑娘："还有吗？"蚌姑娘说："有的是！"胡赖忙喊来"狗腿子"，道："快跟我进去拿！"于是，他们一起钻进了蚌壳里，只听得"噗"的一声，蚌壳紧闭，把胡赖和"狗腿子"全闷死在里面了。从此，香哥和蚌姑娘过上了自由自在的生活。

（李冬姑讲述，雷元生整理）

仙女洞

仙女洞位于浥水镇仙女洞村境内。相传很久以前的一个夏天，一位采药老人来到刘家冲最高峰王山垴的山脚下，一路向上采挖，不知不觉来到了山腰一处洞口。只见洞口雾气弥漫，一股清泉涓涓流出。老人俯下身子，痛快地喝了几捧泉水，顿感精神倍增。于是，他顺着洞口右侧攀爬到山顶，只见山顶有一个天坑，深不可测。正当他好奇之时，石壁上几株药草引起了他的注意。他沿着石壁而下，想去采挖。当他采到药材正准备转身时，脚下的一块石头突然崩塌。老人顺着滑落的石头栽了下去，正好跌到洞内，不省人事。此时，一位仙女从洞深处飘然而出，轻轻地来到老人身边。仙女见老人呼吸微弱，便纵身一跃飞出天坑，不一会儿就采来了几株还阳草，送至老人嘴边。

当老人慢慢醒来时，看见一位漂亮女子隐身而去。老人大声呼唤，却怎么也不见那位女子出现。老人慢慢站直身子，他来不及收拾掉落地上的采药工具，也来不及洗去脸上的斑斑血迹。他一路小跑，来到山脚下一户人家门口。此时，正有一位官员巡察民情路过此地。官员和老百姓见老人满脸是血，细问来由。老人将在洞内采药时发生的一切细细道来，大家听了，十分惊讶。他们立即帮老人包扎好伤口，随同老人再次来到山上，想寻找那位仙女。他们看到从天坑顶上掉下的石头和地上的血迹后，个个都坚信，一个人从如此高的地方摔下来是不可能生还的。老人能够奇迹般地活过来，一定如老人所说的那样，是仙女救了他。

后来，那位巡察官员回到衙署后，拨来银两，在洞口修建庙宇，并将此洞命名为"仙女洞"，又派人在石壁上雕刻"仙女洞"三个大字。从此，仙女洞香客不断，许多僧人慕名而来，常住僧人最多时达30多人。后来，有许多勤劳、憨厚的单身男子来这里祈求美满的姻缘，据说十分灵验。

（刘业国讲述并整理）

三等坡

从沱水镇金花垱村向南走，翻过岩头湾便是覃家岭，岭下有一个坡，人称三等坡。

抗日战争爆发后，日寇占领了沙市，封锁了长江，一些四川客商只得走旱路到湖南岳阳、长沙等地经商。于是，这覃家岭便出现了几十间茅草屋，有供人住宿的，有开酒馆的，有卖百货的，有剃头修脚的。人们称这里为茅草铺子或草店子。

一天，有一位四川客商黄先生与沙市客商李先生住在了一起，一番交谈，二人相见恨晚。四川客商想买棉布，但苦于手头缺钱。沙市客商知道后，马上借给四川客商十两黄金，并说不用写借据，也不要利息。四川客商非常感激，并保证次年三月初三在此相见，奉还黄金。

次年三月初三，四川客商早早来到这里，等了七天七夜，仍不见沙市客商，只得失望而归。第三年三月初三，四川客商又来等候，仍没有等到沙市客商。第四年四川客商又来了，并发誓不等到沙市客商绝不回川。

原来，这四川客商凭当年借到的十两黄金贩回棉布，发了大财。他是个知恩必报的人，所以一心想酬谢恩人。

四川客商在这里等了一个多月。这天晚上，他正站在店门口向外张望，突然见到了一个形如叫花子的人，在路上慢慢行走。他仔细看了看，不觉大吃一惊：这不是我的恩公吗？于是，他一把将那人搂住说："恩公，你怎么成了这副模样？我在这坡上等了你三年啦！"那人果然是当年的沙市客商李先生。

原来，这李先生回沙市后被人指控为反日交通员，被日本兵捉去喂马，这一去就是三年。在长沙会战中，李先生趁机逃脱，因身无分文，只得乞讨而行。四川客商黄先生知道实情后流下了悲痛的泪水，他二话没说，相携李先生回到了四川，并给李先生分了两个门面，还派人将李先生家属接到四川避难。直到抗日战争结束后，李先生才与家人回到沙市。因黄先生守信三等李先生，所以人们称这里为"三等坡"。

（诸运素讲述并整理）

三元桥

涴水镇野鹅堰村有个叫三元桥的地方。

明末清初，从江西迁来一户陈姓人家，主人叫陈友信。

陈友信有三个儿子，个个聪明异常，但因无钱上学只得在家里自学。他们自学一无课本，二无人指导，谈何容易。一天，九龙寺里有个僧人来化缘。陈家本来贫穷，但僧人来了，便倾其所有，将白米、粗布和仅有的几个铜板都给了僧人。僧人见了特别感动。过了半月，僧人又来化缘，陈家又将在西斋街上卖柴换回的三斤食盐给了僧人。

又过了半月，僧人第三次来化缘，这时陈家什么也没有了，只得将煮熟的半锅稀饭分与僧人共食。僧人原本也是有学问的人，因遭逢乱世才出了家。他见陈家的三个儿子都天资聪慧，便对陈友信说："你们陈家心地善良，应得好报。你的三个儿子从今以后就到我庙里由我来教他们读书，一切费用都免除，我保证他们将来都能考个功名。"这陈友信一听，连忙叫来三个儿子，给僧人行了大礼。

陈家三个孩子有人教导，个个发奋用功。这僧人也将毕生所学倾囊相授，三个孩子只用了短短三年，就学有成就。后来，三个孩子果然都考取了功名，分别为秀才、贡生、举人，为官为吏。

陈友信见三个儿子个个成才，对僧人的感激之情油然而生。他跑到九龙寺去找僧人谢恩，但那僧人已圆寂了。陈友信回来后，想起僧人平日一心向善，自己无论如何也要做点善事。于是，他用儿子们孝敬他的钱修起一座桥。这座桥取名为"三缘桥"，意思是僧人三次来家中化缘，并与他家结下善缘。后来，有人为了书写方便，便将"三缘桥"简写成"三元桥"。由于有了桥，十分闭塞的不毛之地，成了西斋通往湖南津市的要道。晚年，陈友信又出资重修了九龙寺，这九龙寺至今香火旺盛。

（诸运素讲述并整理）

兵马司

在涴水镇鸡鸣寺村有一个叫兵马司的地方，这里流传着一个有趣的传说。

相传，在明朝中叶，鸡鸣寺境内有一个名叫李想的农夫。他的妻子梦见一条金龙进门而怀孕，后生下一子，取名李思。这李思从小聪明好学，兼文习武。长到十五六岁时就已虎背熊腰，万人莫敌。后来考中武举，又经朝臣举荐，年纪轻轻就升任兵马司指挥，负责京城防卫。李思多次写信要接父母到京城团聚，但母亲故土难离，他只得安排爱妻在家侍候。

李思对妻子一往情深，思念之情与日俱增。一天，他到城外寺庙进香，偶遇一道人。道人赠他一根竹马，并要他记住口诀。然后对他说："你骑上竹马很快就可回家与妻子团聚。"李思高兴不已，倒头便拜。谁知那道人迅速扶起李思，说："小道怎么受得起您的跪拜，您是个只跪天地父母的人。"李思听了这话觉得非常奇怪，准备再问时，道人却说："天机不可泄露。"说完，道人就不见了。

李思就这样骑着竹马夜里来夜里去，与妻子相会。日长月久，妻子怀了孕。李思的母亲发觉儿媳怀孕后，非常气愤，便骂儿媳不贞，偷夫养汉。李思媳妇连忙解释："肚子里的孩子是您儿子的。"婆母一听大怒："儿子远在京城，将近一年未回，如何使你怀孕？"儿媳便将李思骑竹马夜里回家的事告诉了婆母，并说李思今夜三更必然回家。

晚上，婆母一直没合眼，张耳听着屋里屋外的动静。约三更时分，她听见天井中呼呼风响，接着儿媳的房门打开了。她忙爬起来，悄悄来到儿媳房门外侧耳一听，果然是儿子的声音。她跑到天井边一看，只见一根竹马扔在地上。她非常好奇，想骑上竹马试试，看它是怎么飞起来的。谁知，她一骑上竹马，立刻就听见屋后的竹园传来"噼里啪啦"的爆炸声，几万根竹子瞬间倒地。李思跟妻子闻声跑出来一看，脸都吓黑了。只见每根竹子中都有一人一马一枪，俱已成形。李思说道："完了，我回不了京城了，擅离职守是死罪。若皇上派人来查，还会连累你们。"于是他一头撞向天井旁的柱子，顷刻命归西天。

这时，一位道人骑着竹马降临天井，他指着那呆若木鸡的老妇说："你坏了大事！你儿子有天子命，这竹子中全是兵马，足以将明王朝推翻。"老妇悔恨不已。后来，人们就将这个地方叫作"兵马司"。

（诸运素讲述并整理）

王家桥镇

。。。

龙王井

相传，在王家桥的蛇山脚下，有一口井，叫龙王井。要问这名字的来由，在民间还流传着一段神奇的故事。

据说，龙王井的水直通地脉，不论山洪暴涨，还是天旱岁月，井水常年清澈如镜，不涨不落。有一年桃花盛开的季节，龙王之女化作一条金鱼，外出游玩，游了七七四十九天。游到了这口井里，找不到回去的路，心里十分着急。凑巧对面有一个积缘庙，长老眼睛失明，叫小沙弥到井里挑水，不料打起来一条金鱼。小沙弥挑着水往庙里走，忽然听见一个女子的哭声，小沙弥好生奇怪。一看四下无人，以为碰见了鬼，跌跌撞撞地跑回去，一进山门就向长老诉说这怪事。话刚出口，又听到女子悲哀地哭着说："长老慈悲，放我回去。"长老一听，像是一位女子在哭诉，以为是小沙弥不守清规，拐骗民女，将他训斥了一顿，要他把女子送回去。小沙弥很委屈，以为碰上了妖精，只好挑着水往井边跑去，刚要把水倒回井里，却见桶里有条金鱼，小沙弥说："多好一条鱼啊！可惜我们出家人不食荤腥，快回去吧！"他把鱼放到井里，就回庙里去了。

且说老龙王不见了女儿，非常着急，急忙派龟蛇二将到处寻找，刚找到井里，恰好小沙弥放了金鱼，龟蛇二将见是小姐，连忙把她接回龙宫。当小姐诉说了全部经过后，龙王非常激动。心想：如果不是长老要小沙弥把女儿送回来，生死难定。决定要报答长老。

一天，龙王无事，化作一老者来到井边。他步入山门，说是到庙里来烧香还愿，顺便把一瓶仙丹送给长老。长老服下神药，眼睛当即复明，对老者感激不尽。长老留他在庙里做客，龙王婉言相谢，坚持要回龙宫，长老挽留不住，便送出山门，龙王说："蒙长老慈悲，救了我女儿。"长老一听，以为是那日小沙弥"拐带"的女子的父亲，连连赔不是。龙王急忙摆手笑道："三日之后，你去我家做客，一切都会明白的。"说完，拿出一个小盒子对长老说："到了那天，你去井边再把盒子打开，你面前会出现一条大路，往下走我来接你。"说完，龙王辞别长老，化作一阵清风走了。长老十分惊疑。

到了第三天，长老沐浴更衣，吩咐小沙弥看好山门，来到井边，见没人来接他，心中猜疑不定，突然想到那老者送的东西，拿出盒子打开一看，上有"避水宝扇"几个字。他拿起一扇，面前果然有条大路，直通井底。说来也怪，他在前面走，后面的水随身而来，却又挨不着身，走不多远，就是另一个世界，到处亭台楼阁、奇花异草，好一个所在。忽听得一阵鼓锣声，那老者果然来迎接，前呼后拥。长老抬头细看，只见老者的住所雕梁画栋，一块匾额金漆银镀，上有"水晶宫"三字。这时，他才明白来到了龙宫。再一看面前的老者已变成了龙王，长老十分惊讶。龙王叫小女出来谢长老救命之恩。龙王叙说了事情经过，长老才明白了事情原委并感叹不已。龙王每天陪长老畅游龙宫，各种奇珍异宝令人大开眼界。长老有了宝扇，便经常到龙宫去玩，时间一长，龙王怕泄露天机，想取回宝扇。为了不驳长老面子，龙王摇身一变，成了一只花猫，来到庙里。长老原本喜欢猫，吃饭睡觉都和花猫在一起。一天，长老换衣，宝扇掉在地上，花猫见了，衔着就跑，长老在后面拼命地赶，一直赶到井边，花猫朝井里一跃，就不见了，长老惋惜不已。

从此，长老再也不能去龙宫，为了感激龙王为他治好眼睛，请他到龙宫游玩的情谊，他特地请来了能工巧匠，竖了一块石碑，上刻"龙王井"三个字。从此龙王井的故事就一直流传至今。

（何懋莲讲述，邓从舜整理）

虎守寺

在王家桥镇关洲村境内，有一座寺庙叫虎守寺。关于虎守寺的来历，在民间还流传着一个动人的故事。

相传很久以前，松滋有个读书人家的独生女儿，名叫朱芙蓉，生得天姿国色，从小喜欢诗词歌赋、琴棋书画。父母爱之如掌上明珠，总想给她择配一个如意郎君相伴终生。有一年，皇帝诏告天下，挑选秀女入宫。时任县令为了邀功讨好，遍寻美女。不久，相中了朱芙蓉，便派衙役来催她进京。朱芙蓉一听，好似晴天霹雳，立刻扑倒母亲怀里痛哭不止，左邻右舍都来相劝，谁也没有主意。一位老者建议，只有让她赶快逃走，躲几天再说。当晚，她哭别了父母和乡邻，化装成一个老妇逃难而去。第二天，县令果然带来人马，打着旗伞，吹吹打打来接朱芙蓉进京。结果听说朱芙蓉不知去向，县令大怒，将她父母关进大牢，并到处捉拿朱芙蓉。连夜逃走的朱芙蓉想到父母年迈，自己走了，那县令岂能饶过他们，不免一路悲悲切切，痛苦不堪。朱芙蓉来到一座尼姑庵里，住持师太见是一位女子，问她为何到此。朱芙蓉说了经过，师太非常同情，叫她安心在庵里躲几日再回去。

县令一连几天没找到朱芙蓉，十分恼怒。这天，他带着衙役路过尼姑庵，发现一位小尼姑和朱芙蓉在河边洗鞋，县令追到庙里，威逼住持师太交出朱芙蓉，否则就拆了庙宇，所有人等送官问罪。

恰巧上界白虎星奉命巡视南天门，见此不平事，十分恼怒。当即降下云头，变成一只猛虎向县令等人扑去，吓得他们四处乱窜，县令拼命奔出山门逃了，但又怕朱芙蓉逃跑，便不时派人去庵中查看动静。奇怪的是，衙役每次来查看，总见一只猛虎守在庵前，衙役只好如实禀报，县令也非常害怕，无可奈何，遂对朱芙蓉父母严刑拷打。自古道，贵人落难有救星。正好朝廷派来了一位年轻的钦差大人督治长江堤防，朱芙蓉得到消息，前往鸣冤告状。钦差大人秉公审理，奏请朝廷，将县令削职为民，将朱芙蓉的父母放出了大牢。钦差大人见朱芙蓉人品端正、才貌双全，心生爱慕。后经师太做媒，将朱芙蓉许配给了钦差大人。朱芙蓉为了感激师太搭救之恩，向钦差大人述说了猛虎守庵的奇事。钦差大人下令重修庵堂，并塑了一尊白虎神像，还亲自题写了一块匾额"虎守寺"。从此，虎守寺这个地名就流传了下来。

（邓从舜讲述并整理）

沙道观镇

○
○ ○
○

换甲山

三国时期，汉寿亭侯关羽镇守荆州，曾在沙道观镇境内的一座小山上更衣换战袍铠甲，后人便将此山命名为换甲山。

至明代，青城山静虚道长云游到此，在山巅建庙，称为沙道观。后来，道观几经扩建，香火日盛，门下道徒越来越多。也不知过了几世，一天夜里，住持道长做了一个梦，当地山神告诉他，有天龙要来抬升换甲山，让观中人等都大睡七日，不得有任何声响。第二天，住持道长如此吩咐众人，紧闭山门。众人遵命，睡到第七天夜里，一个八九岁的小道徒耐不住寂寞，抬起头来，向窗外张望。只见庙前两条巨龙正在云雾中翻滚，所到之处，山势渐渐增高。小道徒看得入迷，忍不住拍手大笑。天龙见有人偷窥，恐天机泄露，便立即扫动龙尾，喷出龙涎。顷刻间，换甲山就被龙尾扫成了平地，龙涎喷处，一片汪洋。两条天龙朝洞庭湖方向遁去，天龙所遁路线便形成了河流。从此，换甲山及山上庙宇彻底消失，仅剩地名流传至今。

（吕峰讲述并整理）

八方桥

很久以前，沙道观豆花湖与家鹅湖相接处，北通长江，南接换甲山，为交通要道。然而湖水为患，此处过渡之人，常遭恶浪翻船，不少冤魂向阎君哭诉。一日，阎君动了恻隐之心，将此事上奏天庭。玉皇大帝闻奏后即派鲁班大师往下界造桥，以解救黎民之苦。鲁班大师搬来泰山之石、华山之松，一夜造就一座石基木面桥。当地湖霸见此桥修成，便占为己有，过往行人须交买路钱，方能过桥。这天，太白金星巡游见此情景，便降下云头，化作一个老渔夫，提着鱼虾过桥，湖霸拦着要收过桥钱，老渔夫从鱼篓拿出最小的一条鱼、一只虾递上，湖霸见状，举鞭欲打。老渔夫那手一捏一张，两锭白银便呈现掌上，湖霸伸手欲拿，老渔夫说道："慢！你说这桥是你的，你能说出它的名字，便将这银两给你。"湖霸两颗贼眼珠一转，叫道："这桥叫湖中桥！不！不！叫双湖桥！""胡说！"老渔夫上前抓住湖霸的手道："跟我来看！"说着双脚一点，腾空跃向桥栏北边湖面上，转身吹口仙气，"八方桥"三个红色大字便印在桥北栏杆上，又腾跃至桥栏南边湖面上，桥南栏杆上同样的三个大字闪闪发光。老渔夫轻轻落在桥面上，说道："八方来，八方去，官不夺，民不取！它叫八方桥才对。"老渔夫问湖霸此银还要不要，湖霸早吓得屁滚尿流，连连说道："不敢，不敢。"从此，八方桥上再也无人敢拦路收钱了。

（毛纯舫讲述并整理）

街河市镇

○
○○
○

苦竹寺

从前，街河市西边有座古寺，初为苦竹庵，松滋市第二中学即其旧址。庵旁有一眼清泉，长流不歇，其水甘冽异常，谓之甘泉。泉畔几簇修竹，四时常绿不凋，其枝形如龙爪，故称龙爪竹，又名苦竹。此地景致幽美，风物俊逸，被誉为松滋古八景之一。

相传，北宋绍圣年间，黄庭坚因修《神宗实录》失实被贬。从京城赴黔州谪所，途经松滋。行至街河市，见一草庵，遂往庵中投宿。庵中住持长老，法名通慧，见有远道来客，热情相迎，安顿食宿，周全备至。用罢晚膳，黄庭坚带上香烛，来到前厅拜佛。三叩已毕，黄庭坚抬眼向前一望，但见香炉中倒插一支中楷狼毫，不觉蹊跷，趋前近看，顿然大惊。黄庭坚转过身来，朝通慧拱手道："敢问长老，此笔从何而来？"通慧道："此乃贫僧浚井而得。"黄庭坚道："此极似晚生所遗之管。""如此说来，请大人细观。"通慧取下狼毫，递与黄庭坚。"果不其然！长老请看，此处所刻二字便是晚生贱号。"通慧接笔一看，果然管尾隐约有"山谷"二字。"大人此笔何处所遗？""在蜀中虾蟆碚！一日书罢濯笔，不慎坠入井中。不期今日在此寻得，真乃异事！"众闻此言，更觉惊奇。通慧寻思："蜀乡遗物，楚地复得，莫非吾井与蜀中泉脉相通？"遂命小僧从井中打来泉水。黄庭坚连品数口，果与虾蟆碚泉味相同。通慧捧笔上前："既是大人之物，理当奉还。"黄庭坚道："晚生情愿相赠，恳祈笑纳！"

送走客人，通慧手持狼毫，踱至井边，凝视泉涌。心想这区区三寸之管，小小文房之物，何以能穿山过岭，流徙千里之遥，自蜀入楚？心中茫然，百思不解，信手将笔插入井畔湿润之地。不想这笔管着土即活，顷刻泛青，不几日长出根芽来，几年后便笋干森然，枝繁叶茂。此竹节生五枝，枝生五叶，没有凹槽，独具一格，全不似楠、桂、金、水诸竹。尤可怪者，是其长于此地，终年欣欣向荣，移植他地，即凋零枯败。乡人争相观看，因闻其种于迢迢千里之外，艰苦流徙至此，故称之"苦竹"。

通慧为酬敬神灵功德，乃游方化缘，重修寺院，命名曰"苦竹寺"。斗转星移，冬去春来，不觉五个寒暑过去，黄庭坚遇赦归来。再经街河市时，但见此处寺宇轩昂，塔楼巍峨，疏竹摇风，佳木葱茏，景象已非从前。想自己几载备遭坎坷，一朝重受天恩，不禁诗兴大作，遂题七律一首，以抒情怀。诗云：

再经苦竹庵

云生草履踏芒鞋，双手摩挲醉眼开。

竹苦鸣柯招野趣，泉甘濡笔写诗才。

梵声高处群鸦唱，塔影空中落雁回。

通慧老僧能识我，当年山谷又重来！

（田云开讲述，方城整理）

文公山

远望台山一笔峰，洛溪河水绕文公。

苦竹甘泉龙现爪，白鹤仁威显神通。

在街河市镇东 3 公里处，有一与众不同的山头，在东西走向的山脉中突然南北拐弯，伸入平地，突兀而起。方圆数十里均可看见山顶屹立的庙堂（后因营建学校被拆）。山顶上，有一长 30 余丈、宽 10 余丈的平地。建在山顶的庙堂，共分两层，飞檐斗拱，雕梁画栋。四周怪松郁郁，古柏森森，人置其间，幽深肃穆。

相传，南宋大文豪朱熹出守潭州时，曾在此山讲学，后人便在山巅立庙，悬挂匾额"文公讲学处"。因朱熹谥号"文"，故而此山得名文公山。庙旁有一水池，水池天旱不涸，常年墨绿色，相传为朱文公洗墨之地，称"洗墨池"。一时游学观光者络绎不绝，为邑中名胜。

清同治年间，县内士绅刘用宾、黄士瀛、谢元淮等人，游玩至此，商议将此景命名为"墨池春烟"，此后，这一胜景便跻身为松滋古十景之中。

（赵绪雄讲述，赵先知整理）

陪女桥

陪女桥位于街河市镇裴里桥村。当地人知道，这路旁立的"裴里桥"三个字并非真名，"陪女桥"才是。

故事发生在200多年前的清朝中叶，湖南澧县的杨员外将爱女许给牛长岭的张家大公子。出嫁那天，正是初冬，新人队伍清晨从湖南澧县出发，浩浩荡荡一行数十人，挑夫、轿夫、护轿的、送亲的随行左右，新娘秀姑更是艳丽多姿。一行人黄昏时分来到雷家河畔，过路行人争相驻足观看。且说那木桥由宽厚的松木板搭建而成，多年来未曾发生过意外。谁料结婚前日，连降暴雨，山溪水陡涨，桥基松动。加之看热闹的人们拦轿要糖，在桥上你拉我扯，忽听桥面轰隆一声，拦轿的躲闪不及，跟着轿夫、新娘一同滚入河中。那可怜的新娘由于轿门上锁，被关在轿中不得脱身。等到人们去寻新娘，新娘早已不在阳间。

杨员外闻得噩耗，悲恸欲绝，他强忍悲痛，毅然拿出银两烧砖造桥，陪女桥所用的青砖非常精美，且形制规格与当地不同，据说是杨员外在澧县烧制好后，亲自运到松滋修成了这具有特殊意义的"陪女桥"。

这座桥惠及代代民众，这段凄美的故事也流传至今。

（李华平讲述并整理）

望月坪

在刘家场的东北面，有个地方叫"望月坪"，相传此地后山出了一个猴精。这猴精妖术高强，经常糟蹋田里的庄稼，害苦了当地的百姓。打猎的人曾结伙找猴精算账，但奈它不何。

村里有一对青年夫妻，男的名叫刘唐。这刘唐年轻力壮、血气方刚。他一心想为民除害，但又斗不过猴精，心里十分苦恼。一天，刘唐在睡觉，突然见一白发老翁对他说："要想斩妖魔，须上蓬莱仙岛求得青光剑，还须选择八月十五中秋夜——月亮最亮的时候。"他想求老翁进一步指点，老翁却不知去向。刘唐醒来，才知是梦。

刘唐把梦见的事情告诉妻子，打算按老翁的指点去寻求青光宝剑。临行前，刘唐对妻子说："我此去少则数月，多则三五年，贤妻不必牵挂，日后你望见月亮最圆之时，将是我回家之日。"说完，打点行装上了路，乡亲们也闻讯赶来相送。

自丈夫走后，妻子在家终日盼望，然而年复一年，仍不见丈夫归来。这一年八月中秋夜，妻子总觉得今天的月亮比往年又圆又亮。她心里很高兴，希望夫妻今日能够团圆。突然，一阵大风刮来，刚才还是晴空皓月，忽而黑云翻滚，雷雨交加，青光直闪。妻子感到奇怪，不免有些失望。

第二天，只听乡亲们奔走相告："昨夜里老天开眼，后山的猴精被雷劈了。"刘唐的妻子闻讯，明白猴精不是雷公劈的，肯定是自己的丈夫回来用"青光剑"斩杀的。原来昨天夜里，的确是刘唐求剑回来了，他斩妖心切，来不及跟妻子见面，就直奔后山而去。那猴精不肯服输，与刘唐斗了几十个回合，终于被青光剑结果了性命。刘唐也精疲力竭，身负重伤。幸亏太乙真人赶来搭救，并把他收为门徒。

刘唐的妻子见妖魔已除，丈夫却下落不明，心里好生悲痛。从此以后，刘唐的妻子夜夜观望月亮，盼望月圆夫归。日子长了，脚下竟被她踏出了一块平地。后来，刘唐的妻子终因忧伤过度，离开了人世。乡亲们为了纪念这对年轻夫妻，就把那块平地叫"望月坪"。

（邓胜阳讲述，饶木年整理）

仙炉香

刘家场镇仙楼香村有一座山峰逼仄突起，山顶有座古庙，庙前有一块松动的方形岩石，酷似香炉燃香之貌，因此得名仙炉香。后来有乡民认为"仙炉香"有迷信色彩，遂改为"仙楼香"。

相传很久以前，观世音菩萨在得道之前曾与姐姐、弟弟在这里结庐修行。她的姐姐名叫观世玉，某年腹部逐渐隆起似怀孕状，历时一年有余，因未婚配，家人以为是得了怪病。一天，她顺利分娩，生下一个血球。一家人手足无措，观世玉的弟弟觉得姐姐生下个怪胎，有辱门庭，非常气恼。当即拔出利刀向血球劈去。只见血球内腾出九条龙儿，一个个飞腾起舞。观世玉的弟弟预感到这是不祥之物，恐怕祸害一方。他当机立断，端起弓箭，将其中八条龙儿射击毙命。待他正欲开弓射击第九条时，只见这条龙儿朝他回头顾盼。"啊，看来你尚有回头之意，应该不是一条作恶的龙儿。"于是弟弟只射中它的尾巴，便立刻收弓，放走了第九条龙儿。

即便是这样，观世音依然担忧这条龙儿会残害百姓。于是，煮下一碗面条让它饱食一顿。事实上，面条为上天赐给观世音的铁链，九龙儿吃完面条，就被铁链牢牢锁住了。但观世音对九龙儿依然心存芥蒂，于是，她让弟弟连夜将九龙儿送到巫山一带的葵花井，将九龙儿放入井内，然后将井盖牢牢盖上。

忽一日，一名道士路过葵花井，口渴难耐，猛力敲开井盖取水。掀开井盖，只见井水顷刻暴涨，四处溢散，道士吓得魂不附体，立刻逃窜。九龙儿终于获得了自由，它重归凡间，念及舅父的不杀之恩，长期隐居山洞，从不祸害百姓。但九龙儿毕竟顽性难除，所到之处，必有灾难降临。后来它听说母亲观世玉辞世，葬于仙炉香对面湖南石门的山上。观世玉的弟弟也羽化登仙，乡民念其保境安民有功，将其神主供奉在仙炉香庙中。每逢清明，九龙儿就会去给母亲扫墓，所到之处风雨雷电大作，它唯一不敢惊扰舅父，所以常常绕过仙炉香。说也奇怪，每逢暮春，周边地区频频遭受强烈冰雹袭击，然而仙炉香一带总是风调雨顺，据说这是九龙儿在报舅父之恩。

（汪云峰讲述，熊韬整理）

冒甲洲

在沮河中游北岸，刘家场镇郑家铺地界上有个小洲，原名"毛家洲"。小洲横竖不足两公里，百十户人家，细数起来不过 500 人，还真没有一位姓"毛"。

也不知哪年哪月，山中有一农妇，中年得子，含辛茹苦养到十几岁。时逢大旱，儿子没成年，就得上山帮娘除草浇地。正午时，小儿焦渴难忍，将所带茶水一气喝光，仍觉得咽干舌燥，连喊："口干！口干！"又风风火火跑回家，拿起水瓢舀水就往嘴里灌，直把一缸水喝了个底朝天，还没能止住干渴。娘亲见状心慌意乱，挑起水桶去找水。只见那小儿脸红脖子粗，两眼圆瞪，手舞足蹈，仰天大叫："老天，你真想干死人吗？"连吼三遍，声震山野。西南角突起云团，一瞬间铺天盖地卷来，惊雷夹着闪电，大雨像天河决堤一般飞流直下，各山溪汇聚一处，形成一股巨流。小儿依然手舞足蹈，摇头晃脑，欣然跃入水中，只听得一声巨响，小儿忽然不见。狂澜恶浪中，一条秃尾巴龙张牙舞爪，吞云吐雾，时隐时现，断山裂石，随水流汹涌而去。

只是苦了娘亲，见儿子落水，她不管三七二十一，撒开腿一边舍命追赶，一边高声呼唤，眼看水头已绕过娘娘山，劈下半边松林岭，自知叫儿不回，顿觉天塌地陷，坐在路边歇了一会儿，但还是不甘心，一步一颤爬上松林岭。娘亲回眼一望，只见刚才坐过的地方原是一片大大的龙鳞，龙鳞上还有一条大大的鲤鱼。她闭眼想了一会儿，慢慢明白：她的儿子不是凡间俗人，而是龙子龙孙。他回到了他应该去的地方。没有眼泪，没有悲伤，娘亲双手合十，盘腿打坐，一坐就是三天三夜，为不辞而别的儿子默祷祈福。

从此，松林岭下游有了"望儿滩"（也有称"要儿滩"），上游有了"冒甲洲"。后人为纪念龙母，也为感激秃龙留片甲耕地养育乡民，在松林岭山顶集资修建寺庙一座，初名云集庵，朝拜者甚众。清末，又将原址放弃，寺庙下移至庙湾，名为"新开寺"，依然香火不绝。

如今，新开寺只剩地砖石门，其他已成往昔云烟。形若鳞甲的冒甲洲自是日新月异，今非昔比，至于龙鳞上的大鲤鱼——后人称为鱼形地，它的嘴巴在杨家堰，尾巴在"下大丘"。站在田弯崖的钵盂嘴上，其形态依稀可辨。

（皮远传讲述并整理）

浣市镇

报德寺

报德寺坐落在浣市镇报德寺村境内，在镇政府以西4公里，原称报恩报德寺。

相传，清朝乾隆年间，湖南慈利县两学子上京应试。不料，行至今浣市镇报德寺村境内时，风雨大作，两学子浑身淋湿，高烧不止。其中一人染了霍乱症，上吐下泻。幸亏当地一位老农颇懂医术，发现其舌苔青筋暴黑，十分危急。老农找来一细瓷碗，把它打碎后制成瓷针，只见瓷针一扎，舌苔黑血滴出。老农又给他刮痧，他方脱离生命危险，村民们又找来中草药每天给他俩煎服，三天后两人病情渐渐好转。

老农有一个独生女儿，年方二十，跟老父亲学习医术，长得十分漂亮。她看到两位学子长得眉清目秀，心里对他俩产生好感，照顾得格外殷勤，想招其中一人为婿，但不好启齿，便请人说媒。媒人对两学子说："此次进京赶考，路途遥远，不知还会遇到什么风险，况且大病未痊愈，不如在这鱼米之乡、富庶之地落籍，成婚后待来年再考。"两人婉言相拒，说家中父母寄予厚望，不得违背父母之命，况且还是两人同行。村民们千言万语挽留不住，只好资助了一些盘缠。两人千恩万谢，依依不舍告别村民重新上路，到达京城后离开考仅剩两天，他们安歇后立刻准备应试。

　　一个月后科考张榜，两人中一人高中状元，另一人中进士。有好事者一心想巴结皇上，见新科状元一表人才，建议招新科状元为东床快婿，问状元可有婚配。状元不愿卷入皇室纷争，推说在湖北松滋已有婚配，并把进京一路经过禀报皇上。皇上听后，龙颜大悦，深感当地村民民风淳朴、乐善好施，立即下旨派人到湖北松滋调查，钦差复命确有其事。皇帝颁旨在松滋涴市建一座寺庙，表彰当地人的慈善大德，并御赐"报恩报德寺"匾额。从此报恩报德寺香火十分兴盛，新中国成立后改为报德寺小学。

（许弟华讲述并整理）

歇凤桥

浣市镇双凤村境内有一个叫歇凤桥的地方。谢氏家族在此繁衍生息，并建有祠堂，在当地形成望族。后来人们也把这里叫"谢凤桥"。民国时期这里曾是一片沼泽，灌木丛生，仅有一棵大槐树郁郁葱葱，引来一些鸟雀，在这里筑巢，树下住着一户孤老人家。

一天清晨，老头去挖地，看见一对雏鸟在地上瑟瑟发抖。老头抬头一看，树上有个鸟窝，急忙回家对老伴讲："我清早出门，看见两只小鸟掉在地上，不知是凶是吉？"老伴说："这雏鸟肯定是被风吹下来的，鸟孵雏十分不易，掉在地上恐被蛇吃了，我们来做点善事。"于是，老头拿来一块木板，把它搁在高处，把两只雏鸟放在上面。老伴用碟子端来了米汤，也放在木板上，两只雏鸟迫不及待地啄食碟子里的米汤。

第二天清晨，二老醒来，一对雏鸟不见了，原来雏鸟被母鸟衔回了窝里。几个月后，这棵树上经常歇息着一对鸟雀，十分漂亮。有人说这是凤凰鸟，是吉祥的象征。二老无比欣慰，认为这是他们救助的那对雏鸟，每天都要看它几遍。

一天，突然来了三个人，带着锯、斧要来锯这棵树。老两口说："这是我们栽的树，是我俩的全部家当，你们要砍它就先砍了我俩。"来人说："我们出钱买。"老头说："你们就是拿着金子来，我们也不卖。"老伴说："这棵树上歇着一对神鸟，你们就不怕遭报应啊？"于是，来人只好作罢，怏怏而去。

此后，老两口终日守着这棵树，看见这对凤凰鸟飞来飞去，十分惬意。后来人们在这里修了一座桥，取名"歇凤桥"。

（许弟华讲述并整理）

张家杨

浣市镇复兴场村八组有一个小地名叫张家杨。

据传，明末清初之际，在该村赵家口子往西北数百米处有一户杨姓人家，家境殷实，夫妻相敬如宾。眼看将近不惑之年却膝下无子，夫妇二人求签拜佛，十里八乡遍访名医，仍未如愿。有至亲相劝，何不抱养一个来延续杨家香火？夫妇俩思考再三，终于应允。恰巧邻村有一张姓人家，虽然家境贫寒，却育有三子一女。经人撮合，同意将三儿子过继给杨家立嗣。于是，杨家择黄道吉日，立据换约，摆席设宴，完成过继手续。

杨家夫妇给儿子取名杨波，视如己出，疼爱有加。随着时间的推移，杨波渐渐长大成人。他苦读诗书，后来考中举人。得知消息的张家反悔了，要求将杨波接回来，杨家断然不允。杨波是读书之人，深明大义，早已决定留在杨家延续香火，报答养父母。

时隔不久，朝廷降旨任命杨波为县令，张家更是坐卧不安，扬言杨波是张家亲生，应为张家光宗耀祖、扬名显亲，且不依不饶，在当地闹得沸沸扬扬。一日，知府体恤民情，巡察至此，得知此事，对杨波说：

生者父母，养者至亲。

张杨莫忘，俱怀孝心。

意思是亲生父母、养父母都不能相忘，都要报答。

久而久之，人们就把杨家居住的地方叫张家杨。

（许弟华讲述，刘统华整理）

八宝镇

○
○
○

金笔掉堰

在八宝镇同太湖村一组与龟咀村十组接壤处有达500平方米、椭圆形、锅底状的大堰一口，它形成于清朝初年的一场大洪水。

堰塘形成后，日渐有佘、张、李、乔等姓氏族人来此围垸造田、安身立命。到清乾隆中期，佘家人深谙立身以立学为先、立学以读书为本的长治之道。他们着手教育儿孙习文练字，入列科举。幼年的佘文铨就视书如命，从杨声茂先生读私塾。由于佘文铨天资聪慧，且格外用功，深受杨先生喜爱。一天，他练完字后照常到门前堰边洗笔，不料意外失手，笔掉入碧水之中。见状，先生杨声茂阻止佘文铨下水去打捞，并脱口而出，这叫"金笔掉堰"，将来必成一景。从此小文铨争分夺秒，更加刻苦用功地读书。

嘉庆十四年（1809），25 岁的佘文铨果然金榜题名，被钦点为进士。初授翰林院庶吉士，后任户部主事，协办河工。不几年，又升任军机处行走。道光九年（1829），佘文铨因病早逝。"诰授中宪大夫佘公文铨字玉衡之墓"的墓碑尚存，由其七世孙——同太湖村民佘振荣保管。

200 多年来，当地民众以他为标杆教子苦读，已形成了崇文尚教的好传统。

（邹锋讲述并整理）

织女湖

在八宝东直渠与沙刘公路交会处的西南面有一个 2.83 平方公里的垸中垸，人称织女湖。明清时期，这里还是蛮荒草泽之地，上接丁家漕的分支来水，下流龟嘴潭池，常年盛水不足 160 立方米，故又称直流湖。清雍正十年（1732），有李、刘、曹、韩四姓人家相继临湖栖息，垦湖植莲。后经几代人的不懈开发，不仅湖面大有拓宽，而且岸绿水清，鱼跃鸟鸣，荷花斗妍，远近闻名。

一天夜里，刘家老翁来此放牧，透过皎洁月光，看见有一着装艳丽、传说中的仙女在湖中赏花采莲，听见她那甜美的笑声，但走近细细观察，却又不见踪影。次日，他把前日所见告知邻居教私塾的韩先生，并请先生探个究竟。韩先生夜里去观察，果不其然，清澈宁静的湖面上有一沉鱼落雁、闭月羞花的少女模样的倒影。韩先生立即向周边乡民转告喜讯：这是天宫中的织女下凡，特来观赏盛开的七彩荷花，这一仙影无疑将为我们带来平安与吉祥。从此，就有了"织女湖"这个地名。

（龚艳云讲述并整理）

陈店镇

○
○
○

感人碑

感人碑位于陈店镇桃岭粮站处。吴三桂反清时进驻松滋，将桃岭东北面不远处的一个小山冲用来屯放兵器，因此这个山冲称为车甲冲（位于今五溪堤村六组）。山冲两边林木高大，十分隐秘，守卫的也是精兵强将。而在这些看守人员中有十来个人，因痛恨吴三桂，不想再卖命，就伺机逃离。他们想到处是吴家军，只有往北渡江后是枝江九十九洲，得以安全。于是，他们就结伴往上明城方向跑，不料被吴军发现，紧追不舍，在上明城南门外一个叫清水堰的地方被赶上了，当场杀了几个，留下几个带回车甲冲示众。吴三桂为安抚军心，亲自审问，让他们当众认错方可保留一命。几位义士毫不畏惧，痛斥吴三桂暴行，吴三桂恼羞成怒，将他们斩杀。

康熙十五年（1676），吴三桂亲率大军回援长沙，走时匆忙而狼狈，乡民们称这条岭为"逃之岭"，取"逃之夭夭"之意，后人传为桃子岭。

三藩平定后，松滋县令陈麟知道了这件事，被逃之岭义士们的事迹感动。为纪念他们，下令在义士被杀害的地方立了一块石碑，记述他们的事迹，乡民们称为"感人碑"，有感人至深之意。

（张道清讲述，熊韬整理）

姑嫂坟

姑嫂坟位于陈店镇五溪堤村张家铺子三岔路口，因坟中埋着一双烈女且为姑嫂，故得此名。

1943年农历四月十七日，日寇犯境，自沙市渡江经松滋欲扑鄂西，日寇经过木马口，沿蠡田湖北岸至戏台岭。所到之处，烧杀奸掳，无恶不作。沿途百姓闻日寇到来，纷纷潜藏，有乡民躲藏不及的，男遭杀戮，女遭奸淫，老幼皆不例外。

张家铺子有一户人家，较为殷实，家声颇具。当时仅姑嫂二人在家，姑名张宗玺，闺字绿绣，时年17岁；嫂名李祥玉，时年 20 岁。看见日寇到来，她们慌乱逃匿，日寇见到二女，穷追不舍。二人奔逃至四里外隗家冲花园屋场，终因精疲力竭，眼看将落入虎口。姑嫂二人见前面有一水塘，情急之下，相拥而投。日寇纷纷下水打捞，及至上岸，姑嫂二人俱亡，日寇乃去。等日寇走远后，家人率乡邻们来收尸，斋醮七日，合葬于该地。后人有感于二人贞烈，将此地命名为姑嫂坟。

（张远诚讲述，熊韬整理）

汪家埂子

汪家埂子位于陈店镇桃岭村与五溪堤村在蠡田湖西岸的交界处。清咸丰九年（1859），安徽宿松举人汪维诚来松滋任县令，善政颇多。但是由于晚清松滋官堤年久失修，频频溃口，老百姓不堪其苦。1860 年官堤庞家湾段又溃了口，县令汪维诚一边力请上官减免租赋，一边率民众修筑月堤以保障剩余良田不继续遭受水淹。经过查勘后，汪维诚亲率老百姓在今蠡田湖之西修筑了一道几里长的月堤，使得蠡田湖西岸上千亩农田号称"金不换"，旱涝保收。

汪维诚在松滋县令任上仅 3 年，离任之时，松滋百姓挽袖相送，士绅赵天相、熊文澜等 10 余人作诗赠别。汪维诚离松仅一年多就去世了，松滋民众感念他的恩泽，将之请入名宦祠，将他亲自督修的月堤命名为"汪公堤"。

1955 年冬，松滋县为防止老城 5 条溪流之水冲刷澌洋洲，调动上万民工修筑了一条上起龙头桥，下至搭到堤，横穿蠡田湖的约 10 里长的隔堤，将蠡田湖分隔为东西二湖。原"金不换"良田因山水排不出去也成为湖泊，汪公堤从此失去了拦水的功能，堤基没入湖中，经过几年浪涛拍打，渐渐垮塌。待蠡田湖开闸退水后，隐隐约约能看到像田埂一样的遗址，乡民们称之为"汪家埂子"。

（张远诚讲述，熊韬整理）

万家乡

○
○
○

天井冈

跨过万家芭芒滩大桥，顺公路径直往南，在9公里路牌处右拐，不到200米就到了山顶。最高处有一口大水塘，50多亩水面，这就是天井冈。

相传，大禹入川治水，破坏了龙王布雨的规矩，东海龙王便派他的第九个儿子西征，九龙却惹得沿途大雨倾盆。龙王听到奏报很气恼，命九龙在九月九日之前遁地回海。九龙贪玩，九月九日这天，抬头将一个山体顶了个大包，发现已过长江，便倒吸一口凉气，又使一山体下陷。这时他便不顾父命，钻出地面，腾空而起，驾云回到东海，造成长江中下游暴雨成灾。九龙腾空的地方乃是洞庭湖，抬头的地方是九龙山，吸气的地方就是天井冈了。天井的水是顺着九龙遁地通道流来的，水里携带什么生物，天井就生长什么生物。

据当地老者讲，这口水塘从来没有干涸过。水塘中央有时冒水柱，热气腾腾，水塘一满，冒水柱的地方就出现大漩涡，塘里水回流，水落一丈后，水柱又往外喷。有一年夏天，几头牛在塘里卧水，游到塘中央，水柱变成漩涡，几头牛瞬间淹没。在这以后，再也没有人畜敢在这里下水了。塘里有时长水草，有时长菱角，有时长藕，有时塘里全是鱼，有时全是虾，说生就生，说灭就灭，没有连续性，非常奇怪。

（周继贵讲述，王伯昌整理）

雷井口

雷井口原名叫雷九口，位于万家乡雷井口村。

清康熙十三年（1674），吴三桂驻扎在松滋。当时，在万家境内有赵氏兄弟二人，带领族人在距雷井口3里的冯子山附近挖凿一条战备地道，一有风吹草动，族中的男女老少都跑进地道内躲藏。时间一久，便被吴兵发现，危急之中，赵氏兄弟只得连夜带领大家到深山老林避难。

万家通往湖南方向有大片的丘陵，以前还是原始森林，他们就隐避在林中。吴兵循声追来，在森林中拉网式搜索，眼看不能久藏，赵氏兄弟便向上苍祈祷，求神灵保佑族人逃过劫难。

午时刚过，忽然天空乌云密布，如同万马奔腾的骑兵，狂风骤起，吹得吴兵东倒西歪。瞬间，天门开处，黑云缝中闪出一道金光，只听到霹雳一声，如山崩地裂，接着便是子弹般的雨点布满天宇……炸雷一声接一声，震得天摇地动，随即发出巨响。

吴兵见天气恶劣，慌乱不已，连忙撤退。民众安全走出森林，只见平地已经冒出九口大井，清泉喷涌。大家都欢呼雀跃，感谢雷神，也感谢赵氏兄弟的机智策应，才让他们躲过了吴兵的追杀。从此，人们就称该地为雷九口。后来人们又觉得拗口，就改称雷井口。

冯家湾门前的大堰塘中，就有一口当年露出的井。听老人讲，那口井水势汹涌，日夜翻滚，冲田成溪，直奔沧水河。先民们便用几十条棉被和几副腰磨（驴拉的那种磨）将井口堵住，留下一个直径3米的深潭。人们对那个深潭非常敬畏，不会轻易靠近。

（冯广云讲述并整理）

卸甲坪土家族乡

○
○
○

歇天寺

地处荆州西南边陲的卸甲坪土家族乡，鹰嘴山脉横贯全境，常年云雾缭绕，盛产绿茶，"云峰茗剑"便是这里的特产，号称茶中上品。

相传，刘备进西川以后，命二弟关云长镇守荆州。某年初夏，关云长率员自公安油江口向西巡视，一日遇一高山挡道，关云长吩咐随从在山下歇人饮马，自己亦卸去铠甲。在周仓、关平的陪同下，信步顺山径而上，观赏荆南山地风光。但见遍山绿茶树茂，郁郁葱葱，他们走走停停，不觉已至顶峰，只见云雾中一棵硕大银杏树下，一老者正在沏茶。见他三人至，便热情招呼入座，给他们泡上一盏香茶。关云长揭开盏盖，只见叶青水绿，闻之芳香怡人，便问起老者何方人氏，尊姓大名。老者笑着打了一个哑谜："土生露长此山中，坐木戴草名云峰。"关云长听罢大喜，伸出大拇指赞道："好一个云峰，与我云长一字之隔，你我同辈也！"众皆大喜。一盏饮罢，关云长只觉精神倍增，连道："好茶！好茶！"欲待添盏，眨眼之间老者不见了。关云长回忆起老者的哑谜：人，坐木戴草，恰好是一个茶字。原来是茶仙点化，云峰生好茶，于是当场定名此茶为"云峰茗剑"。

后人为纪念此事，便将关云长卸甲之处叫"卸甲坪"，巡视处叫"巡视坳"，立足品茶处叫"关王坡"，品过的茶叫"云峰茗剑"。并在此立庙纪念，庙名"歇天寺"（传说关云长升天后，做了"后天玉皇"，庙宇毁于历代兵祸）。此茶也因关云长曾在此赏景遇茶仙而名扬荆楚。

（宁远俊讲述并整理）

晒店垭

在卸甲坪土家族乡天星堰村与白竹园公路分岔处，有一较平缓的山垭，叫晒店垭。

传说，这里昔日便是上通鄂西、下连湖广、横贯南北的要道，平时过往客人不断。有客人就得有吃喝住宿的需求，于是有两口子就在这十字交叉路口盖了房子，开起了客栈。

一天，一个衣衫褴褛的老头儿来店里讨吃喝，受到店主夫妻俩热情款待。老头儿一住就是几天，夫妻俩并不嫌弃。临行，老头儿对店主说："感谢你们的热情款待，我走后，你们可以将井水打来当作酒卖，赚一点小钱，作为我对你们的报答。"店主不以为意，便道："老人家，吃点饭菜，住两夜，算不了什么，不要你付账，你可放心走吧！"

老头儿走后，店主去井里打水，但闻酒香扑鼻，沾指一尝，果然是香醇的好酒。奇怪的是别人也去井中打水，却又是水。店主夫妻认为是神仙点化，忙望天揖拜。自此，这店里酒美饭香，顾客盈门，几年工夫，店主夫妻就发了财，雇了用人。

又一个夏日，店主夫妻正在监督用人干活，外面走进一个热得满头大汗的老头儿，乞求酒食，店主夫妻见这老头儿一身汗臭，很不耐烦地吩咐用人将其赶出店。老头儿不动声色，走出店门，嘴里唠叨着："清白了（方言，即完了的意思）……清白了……"忽然一阵清风，老头儿不见了，夫妻俩正惊疑，忽听家人报道："仓库起火了！"众人急救，偏又刮起了大风，风助火势，火借风威，不一会儿，整个店成了一片废墟，用人赶往井边欲打水救火时，发现井水干涸，井底留有一块白绢，上面写道：

井水当酒赚净银，只为当日有殷勤。

富人忘了穷汉饥，还你依然守清贫。

店主恍然大悟，但后悔已迟，家当遭火焚尽，夫妻俩依然过着穷日子，这店也烧得只剩残垣断壁，地基暴露在烈日之下，所以后人就把此地呼为"晒店垭"。

（宁远俊讲述并整理）

杨林市镇

○
○
○

比箭冈

比箭冈位于杨林市镇官桥村境内，南北走向，该冈南距澧县 1 公里，东北距抬山 3 公里。

清康熙十三年（1674），吴三桂反清率大军驻扎在松滋，因常常要抓兵拉夫，筹粮派饷，当地民众不堪其苦。松滋本地武举人李尔炽，高举义旗，很快在杨林市一带建立地方乡勇自卫团，以抵抗吴军。某日，两军对峙于抬山附近。吴三桂因连败于清兵，兵员紧张，加之士气不振，只想收编这支队伍，并不想屠杀民众。

于是吴三桂就派人谈判，决定两军主帅比箭定雌雄。吴军胜，则自卫团接受收编；李军胜，则吴军主动撤军，不犯秋毫。吴三桂久经沙场，未将乡野之人放在眼里，对收编这支队伍胸有成竹。

比赛时，人潮涌动。唯独赛场上异常安静，李尔炽自告奋勇，要求先射。只见英俊潇洒的李举人挽弓搭箭，刹那间，"嗖"的一声，箭飞百米，正中靶心。紧接着又两箭如疾风闪电射出，箭靶上却只留有一箭。报靶人很高兴，喊道："只中一箭，两箭脱靶！"吴三桂这时已瞠目结舌，缓步走近靶旁，看了看箭靶，给了眉飞色舞的报靶人一记巴掌，然后厉声喝道："收兵！"人们很奇怪，等吴军走远了，纷纷靠近看个究竟。原来三箭都不偏不倚，正中靶心，且第一箭、第二箭都分别被第二箭、第三箭劈开散落在地上。人们顿时山呼海啸般地涌向李尔炽！掌声、呐喊声、锣鼓声响彻云霄。当地民众为纪念李尔炽保境安民，为民众消灾弭难，把比赛的场地定名为比箭冈。

（王伯昌讲述并整理）

抬　山

抬山位于杨林市镇台山村，与湖南澧县毗邻。相传很早以前，这里是一马平川，盛产水稻。某年王母娘娘举办瑶池盛会，天上各路神仙相邀而至。大郎神和二郎神在宴席上酒兴大发，喝得酩酊大醉，乘兴在仙境飘游，忽听得澎湃汹涌的水声，拨开云雾，睁开醉眼，只见人世间，长江中游洪流滚滚，把南岸江堤冲溃一个大口，江水一泻千里。此时大郎神和二郎神突发奇想，何不去昆仑山抬座山来把溃口堵住，让老百姓免受水患之灾？于是，两位神仙到昆仑山颤悠颤悠地把一座大山抬到了松滋境内，却被当地土地公公相中，土地公公就学公鸡叫。

原来仙界有规矩：玉皇大帝上朝，各路神仙都应按时到天庭朝拜，不得迟到。当大郎神和二郎神抬着山恰到此地时，那土地公公模仿公鸡一叫，顿时千家万户的雄鸡都跟着叫起来了。大郎神和二郎神此时怕上朝迟到，只好慌忙把所抬的山放下，回天庭去了。当大郎神和二郎神回到天庭定睛一看，才发现离天明鸡叫还差一个时辰，二位神仙掐指一算，原来是当地的土地公公作怪。当他们返回去看时，土地公公正坐在山的对面得意地笑着，二郎神气不打一处来，伸手狠狠地抽了土地公公一记耳光，一下把土地公公的嘴巴给打歪了。等两位天神再想抬走这座山时，却怎么也抬不动了。留下来的这座山就被称为"抬山"。从此，抬山土地庙的土地公公就是个歪嘴巴。传说，至今抬山坪的公鸡比其他地方的鸡早叫一个时辰。

抬山占地约 1 平方公里，海拔高程 133.5 米，孤峰秀拔。山的东北面巉岩峭壁，有两个洞口如瓮，据说是当年抬山的杠眼。洞中常年有云气冒出，因此，抬山又名云台山。

后来被僧道相中，在山顶修了道观，山腰修了佛寺，成为全国少有的释道合一的道场，旧时有"中武当"之称。

（陈后正讲述，熊韬整理）

望京冈

望京冈位于杨林市镇黄石岗村，是明朝开国功臣、参知政事傅瓛登高眺望京城之地。

傅瓛本是街河市人，元末率松滋健儿揭竿而起，加入反元队伍。初投徐寿辉，后投陈友谅。陈友谅在鄱阳湖与吴王朱元璋大战败亡，傅瓛归顺朱元璋，任江西行省参知政事。在朱元璋开国前后，参与制定《大明礼法》《大明律法》。朱元璋即皇帝位后，任命傅瓛为中书省参知政事，兼任詹事府同知，辅教太子。洪武二年（1369），傅瓛年老致仕，回到松滋老家。相传傅瓛回乡后，心忧太子，常常在此登高眺望南京，乡民们便称之为"望京冈"。

过了六七年时间，傅瓛就去世了。家人请来风水先生，将他葬在望京冈东二里的风水岭前，背靠上天梯。不久，乡民谣传他的墓有异兆，后经县衙专管风水的阴阳先生勘察后，觉得这是一条龙脉，便层层上报，最后朝廷下令，在他的墓后开挖一条约二丈高的深沟，将其墓与风水岭斩断，后人称这个地方为"挖断山"。

（熊韬根据《松滋县志》记载整理）

斯家场镇

○
○ ○
○

万年桥

万年桥坐落在斯家场镇宝竹桥上游约两公里的南河上，修建于明朝末年。起初是一座圆形的拱桥，所用石料都是一米见方的条石，高约三米。

据说，这座桥刚刚竣工时，有一位识文断字的新娘坐着漂亮的花轿，在热热闹闹的送亲队伍陪伴下，将要从这座桥通过。因为民间有拦花轿要喜糖的习俗，建桥的工匠们便将花轿拦下，要新娘子说个四言八句，给大家分发喜糖，否则不许花轿过桥。新娘子落落大方地走出花轿，她看了看这座刚刚建好的拱桥，随口吟道：

百姓出钱工匠造，架桥修路功德高。

福被一方为后代，千年夫妻万年桥。

吟罢诗句，新娘将一大包喜糖撒向众人。然后，在大家的欢笑声中袅袅婷婷登上花轿，和送亲队伍一起走过此桥去了婆家。

漂亮的新娘、甜美的笑容、亲切的诗句、爽口的喜糖，让所有在场的人心驰神往。有人大声喊道：这座桥还没有名字，就叫它"万年桥"吧？所有人都拍手赞成。于是，"万年桥"这个名字从此就传开了。

（易绍萃讲述，郑令琼整理）

赶子幽

赶子幽位于斯家场镇西北边陲的赶子幽村。这个地名背后有着一段让人动容的故事。明末清初，有一条进川蜀下湖广的骡马古道从这里穿过，南来北往的商贾贩卒时有在此打尖歇脚，这里便有了客栈、商铺和村舍，给偏僻的乡村带来了一些生气。

一日，一位风尘仆仆且衣着简朴的老者来到客栈歇宿，并向老板打听是否曾见到一位进京赶考的书生，随即描述书生的相貌。客栈老板告诉老者，去年春确有一位从川蜀去京城赶考的书生因旅途劳累，加上身染风寒，不得已在此滞留多日，误了春闱考期。书生抑郁苦闷，病情加重，不治而亡。老板取出书生遗物，说是受书生所托，留待家人寻访时作为证物。老者一见，果然是自家孩子的遗物，不由得悲恸欲绝，失声痛哭。原来，老者中年得子，甚是溺爱。家境虽然一般，却也能够度日。儿子自幼受教于私塾，聪明伶俐，老者对其寄予厚望，盼能光宗耀祖。儿子读书勤奋，锐意仕途，只身进京赶考。谁知这一去便杳无音信。老父思儿心切，沿途千里寻子，谁知竟是如此悲剧。在客栈老板的带引下，老者来到儿子坟前，堆黄土包上已长出稀疏的青草，老者悲从中来，不禁老泪纵横。老者本是私塾先生，请匠人于坟前立下石碑，亲手刻上两行字：

赶路千里寻爱子，谁知再见是幽魂。

后来，经过百年变迁，风雨侵蚀，字迹脱落，石碑上只残留下了"赶……子……幽……"三字。后来，这三字也就成了地名。

（文良晨讲述，杨祖明整理）

龙骨令牌

龙骨令牌位于斯家场镇万年桥村的阴阳崖下，这里流传着一个故事。

相传，斯家场的传奇人物易永述自茅山学艺归来，除了修炼法术，收徒授艺，还为地方百姓除祟解惑，襄助乡里，在当地深得人心。随着年事渐高，永述公越来越觉得力不从心，便萌生遴选衣钵传人之念头。

永述公虽说授业弟子众多，而德艺俱佳者却甚少。其大徒弟道然为人憨厚，尊师重道，却不善言辞；关门弟子乙秀极具悟性，能言善辩深得师父宠爱，但永述公觉之个性浮躁，心胸狭隘。永述公在道然和乙秀之间难以取舍，苦思冥想得一主意，欲以传授掌门令牌加以试探。一日，永述公召众徒于庭前，宣布选贤传位之事，众徒一片哗然。永述公言明道然、乙秀取其一，道然诚惶诚恐，而乙秀面露喜色。道然恳请师父收回成命，自言无功无德难以承担大任。乙秀暗暗窃喜，师兄推诿正中其下怀，继任掌门已无悬念。

永述公拿出一块银白色令牌，众徒皆跪于庭前听训。永述公言道："此令牌是用深海中千年鲸鱼脊骨所制，名曰龙骨令牌。持此令牌作法，可呼风唤雨，降魔除妖。为师登仙之前将此令牌藏于阴阳崖下，由乙秀戴孝前往寻取。是日当有暴雪降临，山野必被厚雪覆盖，唯藏令牌处袒露无疑，乙秀便可掘取。世事变化皆因缘，能否取得全看你的造化了。若取之不得，即由道然掌管本门，尔等不得有违！"

永述公来到阴阳崖上，将龙骨令牌抛于崖下，闭目作法，崖下灌木丛落叶随风旋起，将令牌团团裹住，随之跌下，消失得无影无踪。永述公作法唤起土地公公，告知此事缘由，并托其看守。他日若有人攫取，务须是本门中人。永述公与土地公公的对话被栖居在阴阳崖崖柏上的一只喜鹊窥听到，此鹊也有灵性，知道乙秀心术不正，若成掌门必然为害不浅，遂生搅局之念。

永述公寿终登仙之日，果然天降暴雪，山野银装素裹。阴阳崖崖柏上的那只喜鹊见山崖下一片白雪中，有一块四尺见方的地方却无雪。喜鹊知道这一定是掩藏龙骨令牌之处，立刻飞离崖柏降落在雪地上，用双翅扇动积雪至无雪处。顷刻之间，掩藏令牌的地方也被厚雪覆盖，与雪野混为一体。

乙秀和众同门师兄遵照先师遗嘱来到阴阳崖下，只见山野银光辉映，雪海无瑕。乙秀自知令牌已无觅处，无缘掌门之位，不由得仰天长叹："天不助我也！"于是，乙秀放弃掌门之争，潜心修道，而龙骨令牌这个地名却永久流传下来。

（王裕盛讲述，艾立新整理）

烂驴冲

斯家场镇文家河村有个叫"烂驴冲"的地方，这个地名听起来不雅，可有关它的故事却有着玄幻色彩。

很久以前，曾有一队常年行走湖广川蜀的马帮打此经过，马帮头目一到文家河的罗公桥便被这里的景色吸引，让队伍暂作歇息。马帮头坐在桥头一边用手中的草帽扇着风，一边四处打量。看到桥下河边有一个用鱼罩捕鱼的村夫，便问道："这山上雾气缭绕，可有飞禽走兽？"村夫告诉他："山里不仅有稀世鸟兽，还有高人隐居呢！"

马帮头目常年行走江湖，见多识广，知道这是个非凡之地。今日邂逅仙境岂肯错过？于是，他吩咐马帮继续前行，不必等他。队伍留下一匹老驴，马帮头目把它系在路边的树上，向捕鱼的村夫打听了上山之路，便兴致勃勃地向大山走去。

马帮头目走到一棵古树下，只见两位鹤发童颜的老者正全神贯注地对弈，知是村夫所言的高人。马帮头目见老者对他的到来丝毫没有察觉，便上前鞠躬打招呼。谁知两位老者充耳不闻，目无所睹，让他尴尬难堪。好在马帮头目也是一个棋迷，不一会儿就看出身着白袍的老者此时已处下风，暗暗替他着急。白袍老者双眉紧锁，举棋不定，青袍老者则手捻银须，一脸得意。马帮头目见青袍老者不经意间扫了他一眼，连忙弯腰后退了一步，以示恭敬。马帮头目深谙观棋勿语的禁忌，屏气敛息，轻轻地移步至白袍老者身后，观看这场山野博弈。

虽然青袍老者棋高一着，但白袍老者沉着应对，棋行险着，最后扳回一局。双方平局。看来这已是常态，二老相互作揖，哈哈大笑，约定明日再度对决。马帮头目送二老进入茅舍关上荆扉，便走近石桌观看散落在棋盘上的棋子。他惊奇地发现棋盘上竟然是一副诡异深奥的残局，难怪那位白袍老者转身拂袖呢！原来是有意留下棋局让他研棋悟道。马帮头目如获至宝，沉湎于黑白之间，时而凝目深思，时而笑逐颜开。第二天一早，二位老者重现古树下，看见马帮头目伏在棋盘上酣睡不醒，一脸笑意，便知其悟道有获。就这样，二位老者留下马帮头目让他一连5天观棋。

5天过后，博弈仍无输赢，马帮头目却在棋道上得到老者指点，棋艺自然是突飞猛进。马帮头目临走时，白袍老者赐棋谱一册，并叮嘱他不可将山中之事告知他人。说罢，老者一挥拂尘，一阵清风过后，山间的古松、石桌、茅舍和两位老翁都杳然无踪。

马帮头目这才知道自己遇到的是世外仙人，马帮头目伏地谢过神仙，遂下山来到罗公桥寻找他系在树上的那头驴。让马帮头目瞪口呆的是，山下小冲竟然面目全非。烂泥滩成了青禾农田，小树木成了参天大树。他的老驴却已无影无踪。

马帮头目见路边有一位佝偻着身子的白头老翁，连忙上去打听老驴的下落。老翁虽老眼昏花，但看到马帮头目时却惊讶地张大嘴说不出话来。马帮头没在意，问老翁是否看见他的那头老驴。老翁牙已脱落，说话不利索。他断断续续地告诉马帮头目，他就是当年那个在桥下捕鱼的村夫。自从马帮头目进山后，这匹老驴就病倒在树下，给它草料和水也不吃不喝。不久就死在了那里。因为是有主之物，没人收拾，慢慢地老驴就腐烂掉了，冲湾里臭气熏天，乡亲们都不愿打此经过，现在大家都把这里叫"烂驴冲"咧!

马帮头目突然想起来一句老话"仙界度一日，凡间已十年"。原来自己在山里的5天时间，世上已过50年了。从此时过境迁，物是人非，自己再也回不到过去了。于是，马帮头目怀揣仙人所赐的棋谱秘籍离开烂驴冲，重返川蜀，觅得名山隐居修炼，后成为一代棋王。

（艾德明讲述，艾立新整理）

双跑马岭

斯家场镇南边，有两个名称相同的山岭——跑马岭，人称"双跑马岭"。东边的跑马岭坐落在中心岭村境内，呈东西走向。西边的跑马岭，坐落在姜家岭村境内，东南至西北走向。为什么会有两座同名称的山岭呢？

传说，东汉建安年间，刘备在川中屡败刘璋军，进攻雒城时，却攻打不下，加之庞统在落凤坡阵亡，心中焦急不安。

刘备写信给镇守荆州的诸葛亮，让他火速率军西上，示意关羽守荆州。关羽要求进川，诸葛亮便在松滋地域设两个跑马场，让他与张飞赛马，以定去留。关羽在东，张飞在西。关羽好胜，加之岭短，赤兔马快，获得第一。张飞心急，因关羽是自己的义兄，又不好发作，只好随同入帐。诸葛亮为使关羽镇守荆州，在两张签上均写上"镇守荆州"四字，关羽上前一抽，是"镇守荆州"四字。诸葛亮不让张飞再抽签，并说："云长跑马取胜，抽签又是'镇守荆州'，大局已定，合天意，翼德还不去向你兄长告辞！"张飞听后，自思虽然跑马输了，乐得领兵入川，心里一忧一喜，忙向关羽施礼告辞。关羽不知诸葛用计，误认为是天意如此，只好作罢。

后人为纪念关张在此赛马，将之命名为"双跑马岭"。据说，明朝时，两座岭下还立有石碑。

（骆钟洪讲述并整理）

姊妹坡

姊妹坡位于斯家场镇舞龙山村境内，坐落在五龙观旁，坡有 1 里多长。过去它曾是县西南地区通往长江港口的捷径，也是连接城乡的要道。在这里，留下很多逸事趣闻。

明末清初，由于战乱连连，松滋路断人稀，情景凄凉。在那兵荒马乱的日子里，有一个名叫春蚕的女子，年方18，与父母、姐妹一共9人，从外地来五龙观朝山进香。路上碰上叛兵，除她逃脱之外，家里8人遭害。春蚕自思举目无亲，有家难回，走到河边，投水自尽。正在这时，跑来一个放牛郎，将她救起，背回家中。

放牛郎名叫冬藕，他怕被救回的姑娘生疑心，便男扮女装。等春蚕醒来，见自己睡在茅棚里，一个女子坐在床边，服侍自己。交谈之中，得知服侍之人名叫冬藕，年龄20，春蚕翻身下床，扑地便拜，当即与冬藕结成异姓姊妹。

从此以后，"姊妹"二人生活在一起，结伴打柴，开荒种地，种桑养蚕，织布浆衣。农闲之时，修桥筑路，方便行人。相处两年后，冬藕要送春蚕回家，春蚕执意不肯，要与冬藕过一辈子。冬藕一惊，细问原委，才知春蚕是个有心人，早已发现自己是男扮女装。春蚕虽是大户的千金，但不嫌冬藕家贫，爱上了品德高尚、诚实勤劳的冬藕。

春蚕和冬藕成亲的那天，从家中搬出一副磨盘，从山上顺坡滚下，寓意"坚如磐石""千条路一条心"，表达他们对爱情的忠贞。为纪念他们，后来人们把这段路称为姊妹坡。而在松滋，夫妻间也常常称对方为"姊妹"。

（宁远俊讲述并整理）

纸厂河镇

王家大湖

传说王家大湖在两三百年前是沃野平川。这里物产丰富、人口密集，人们安居乐业。

"王家大湖"从前叫"王家大户"，是王氏三兄弟的家业。老大为人厚道，广结善缘，办学堂，济贫困，人们无不称道。老二在州府当捕头，有钱有势，经常欺压百姓，剥削穷人，民怨沸腾。老三是个花花公子，仗势欺人，横行乡里，老百姓对他也是切齿痛心。

一日，王氏三兄弟为父亲做六十大寿，宾朋满座，请来了县里的戏班子，王家门前灯火通明，歌声、鼓乐声、呐喊声不绝于耳。正当人们沉浸在欢乐之中的时候，人群中走出一位蓬头垢面、衣不遮体、满身散发着怪味且有些呆痴的老人。他的出现很不受欢迎，有的人避之不及，有的人大声呵斥，有的人骂他撵他，只有王家老大给他搬来凳子，让他和自己坐在一起看台上的演出……

不一会儿，这位老人牵着王家老大的手飞也似的朝一处高坡跑去，正当王家老大稀里糊涂跟着跑得上气不接下气的时候，只听得后面"轰"的一声，他俩松开了手，回头看时，只见那唱戏的地方已是漆黑一团，听到的是一声声凄厉的呼号。再转过身来看，那位老者已不知去向，千呼万唤不见回音，耳边只传来哗哗的流水声。

当王家老大从噩梦中醒来时，沃野平川已成了白浪滔天的王家大湖。

（陈登宜讲述并整理）

金牯牛堆

王家大湖的西南面，有一片碧波荡漾的水面，名曰洋镜湖。渔船停靠的地方有两处，一是缸埠头，二是覃家凹。附近还有一个土包子叫金牯牛堆。

传说土包子里面卧着一头金牯牛，夜晚乘人们熟睡后，金牯牛出来吃附近的庄稼。久而久之，庄稼有种无收，农民无可奈何。一天晚上，有一农民头戴斗笠，身披蓑衣，手持一根竹棍，坐在田埂上窥视动向，决心探个明白。这天夜里，天上下着毛毛细雨，伸手不见五指。蚊虫叮咬，使他坐立不安。约到三更时辰，那农民有点疲倦，开始打盹，在蒙眬中忽听见有牛的奔走之声，由远而近，举头一望，见一庞然大物金光闪烁，仔细一瞧，原来是一头金牛。农民喜不自胜，口里念道："是我的财，对我来！"三步并作两步，一跃向前扑在金牛身上，两手狠狠抓住牛毛。那金牛前蹄一跃，后蹄一蹬，转身狂奔，将那农民颠簸得恍恍惚惚、昏昏沉沉地睡着了。天亮了，那农民睁眼一看，他扑在那土包子上，两手抓的是白茅草。

从此，金牯牛再也没有出来，当地人把这个土包子叫"金牯牛堆"。直到今天，土包子依然存在，这个故事在民间广为流传。

（谢学圣讲述并整理）

虞氏渡

纸厂河镇浰水故道南岸，有一块石碑，上书"虞氏古渡"四个字，纪念上古时期氏族首领虞舜南巡时，在此疏水道、建码头、设义渡的功绩。

相传，舜帝晚年南巡，一路上穿山林，曲径变坦途，猛兽隐其形；过峡谷，山花斗其艳，百鸟齐争鸣；渡长江，波澜亦不惊，清澈见倒影。当舜帝一行来到今松滋纸厂河时，已是仲秋，多日阴雨，天空突然放晴。一轮红日挂在洸水河上，霞光万丈。舜帝见此地炊烟袅袅，人口密集，便弃筏登岸。他遍访民情，教乡民采集种子，种植农作物。他发现洸河两岸民众近在咫尺，却仿佛天涯，生产生活差异很大，习俗也大有不同，无法交流。他安排两名船工在洸河上用自己乘坐的木筏摆渡十日，分文不取，又把两岸农户集中起来为其分发谷物良种，做耕种示范。舜帝临行前将自己乘坐的一只木筏交给了当地首领作为南来北往的交通工具。

从此，洸河两岸民众交往密切，生产互助共进，生活水平明显提高。为了纪念舜帝，人们以他的姓氏给渡口命名，表达乡民对舜帝深深的怀念。南宋时期，南岸建有一座规模较大的"虞渡寺"，明代中期古迹旁立有一块巨大的红石碑，上书"虞氏古渡"，后毁于大水。

（陈登宜讲述并整理）

黑神庙

黑神庙坐落在纸厂河集镇西面约 4 公里处，三岗村的东面，始建于清道光年间。相传道光初年，江南一位陈姓商人，家底殷实，常年行船在外。他行走江湖，广结善缘，人称"陈善人"。

有一天，他满载一船黄豆、豌豆、小麦等农产品，行驶在沌河中。早晨风和日丽，一路风帆满挂，顺风顺水。掌灯时分，天空中突然一个炸雷，震耳欲聋，大雨滂沱，昏天黑地。风把岸边碗口粗的树连根拔起。天色越来越黑，船至河中，分不清东南西北，只能凭着偶尔的闪电光看到周围的景物，仿佛船前有一头面目狰狞的怪兽。陈姓商人借着闪电往后一看，只见一条黑影紧随其后，突然"吱"的一声，桅杆被折断。风帆被卷走，双橹也不见了。一家 5 口人连同这只船的命运完全听任老天的摆布了。

这一夜，风雨紧一阵慢一阵，一刻也没停。浪打船"噼啪"作响，一家 5 口抱成一团，哭得泪人似的，仿佛末日来临……

天渐渐亮了，风雨小了很多。陈姓商人走出船舱，长长舒了口气，往前一看，水中那条黑影又出现在了船头。

他用船篙向这黑影戳去，只见它一跃跳到船头的甲板上。陈姓商人大惊，原来是一条黑鱼，足有100斤，在甲板上打了两个挺，又跃入水中，依旧紧跟着船一路前行，怎么也赶不走。冥冥之中，陈姓商人仿佛明白了什么："啊，它是神，它是保佑我家渡过了这场劫难的保护神！"

早饭时分，雨停了，风息了，船从老浍河经陈家场漂至三岗的石鼓山旁。只见船前那条黑鱼展开背鳍，卷起一股巨大的浪花，再也不见踪影。陈姓商人双手合十，深深地作了个揖。

后来，陈姓商人一家大难不死，为报答庇佑之恩，在离石鼓山1里多路的比较高的地方，建起了一座庙，取名"黑神庙"。黑鱼离开的地方，人们称为"黑背坝"。

（陈登宜讲述并整理）

卷二

生活故事

谢元淮巧对入官场

　　清朝嘉庆年间，松滋有个叫谢元淮的童生，后被任命为广西桂平、梧、郁盐法道。提起他的发迹，还真亏了半副对联呢！

　　谢元淮幼时聪慧过人，曾在家附近的抬山云台寺当录事。某年春节，谢元淮闲暇无事，便为寺院门楹、佛龛等处撰写对联。一日，湖广主考陶澍路经寺院，见楹柱间对联意旨贴切别致，文采斐然，十分赞赏。问知是谢元淮撰书，欣然召见。当沙弥将谢元淮带至书房时，陶见谢身着绿里棉袄，便信口咏出：

　　谢小子暗藏春色；

　　谢知陶是官员身份，当即应声对上：

　　陶大人明察秋毫。

谢元淮此对，不仅应对敏捷，以熟语对熟语，自然工巧，而且于恭维中自得，称颂中又寓仰仗提携之意。陶主考听罢，拈须颔首，十分佩服，当即收为幕僚。

翌日启程，行至河边，陶想继续验证谢的才智，听到对岸榨油声，又脱口出了个上联：

隔岸闻声，想必由（油）之行诈（榨）；

这时已上官船，谢见岸上晾着很多渔网，便应声对出下联：

沿河晾网，总是回也不愚（渔）。

"妙对！妙对！"陶主考见谢才思敏捷，古文根底甚厚，又品行端正、谈吐不凡，倍加喜爱。后来谢元淮经陶主考多方举荐，遂得以进入仕途，青云直上。

（苏丕质讲述并整理）

先生与提举

清咸丰年间，谢元淮任广西桂平、梧、郁盐法道，平时轻装简从，像个教书先生。一日，谢元淮带一书童到辖区盐井视察，盐课提举不知是上司到来，只听得书童称呼谢元淮为"先生"，以为是个教书匠。这位盐课提举平时爱舞文弄墨，好不容易看见先生打扮的谢元淮来了，连忙招来喝茶聊天。盐课提举想戏谑眼前的"先生"一番，就出了个对子："鸡卵与鸭卵同窠，是鸡卵先生？是鸭卵先生？"谢元淮应声道："马儿与驴儿并进，是马儿蹄举？是驴儿蹄举？"

（熊韬讲述并整理）

"管他上上下下"

从前，南海百溪桥有个叫倪温的，5 岁便一目十行，过目成诵，7 岁已熟读"四书""五经"，吟诗作对，出口成章。乡人惊其聪慧过人，喻为神童。温父引以为荣，终日带他遍游乡里，赴宴赶会，显耀他的才智。

传说纸厂河一带，沿岸有 3 个村落：上湾、中湾、下湾，分别住着赵、周、王三姓家族。上湾、下湾各有一个土地庙，每逢正月十五、腊月三十，两湾村民纷纷在各自的土地庙摆放供果，祈求土地神保佑风调雨顺、五谷丰登。唯独中湾贫穷，建不起土地庙，村民只得分别到上湾和下湾，待两湾的人祭祀完后再行拜祭，还常常遭到非议，说是借走了他们的风水。中湾的人，决心筹集一些银两，修建一座土地庙，规模要比上下两湾的都大。

这年，土地庙竣工。周族的人欢聚一堂，商议要写一副大红对子，以消多年来借庙求神遭遇的晦气。可是，周族中无人想出好的对子来，族长十分焦急。

说来也巧，恰好倪温父子路过中湾。族长早已听说"神童"倪温的才气，便将他父子接到家里，热情款待，说明原委，央他写一副对子。倪温听罢，微微一笑，说："这有何难！"当即挥毫写了12个大字：

管他上上下下；

保我子子孙孙。

（黄振亚讲述并整理）

问姓氏

民国初年，陈店黄龙山麓有一私塾先生姓李，平时自视颇高，有些目中无人。一日，有一刘姓年轻人衣衫褴褛游学到此。登门便拜："请问贵府高姓？"

"骑黄牛，过函谷，老子姓李！"李先生出言不逊，一脸傲慢之态，"转问尊姓？"

"斩白蛇，兴汉室，高祖姓刘！"爷爷的爷爷乃称高祖，一下便翻了四辈。

李先生大吃一惊，始信人外有人、天外有天，忙请入厅堂招待。

夜晚留宿。客人刘先生早已就寝，李先生犹在书房吟哦，意欲炫耀文采挽回些面子。刘先生似乎自言自语，高声道：

一群蚊子，嗡来嗡去，欺我未曾设帐！

主人李先生一愣，此联一语双关，"蚊子"谐音"文字"，"设帐"古时指接受正规教育，即入学。李先生当夜抓破头皮，还是对不上来。

次日，李先生为刘先生送行，看到路边秧田内有几尾小鱼，略一皱眉，下联有了，便指着小鱼道：

几尾鱼儿，游东游西，量你难跳龙门。

（肖祖宜讲述，熊韬整理）

"对子有效"

民国初年，杨林市的士绅文清斋，在邻县看了戏，便也凑钱请了个"同乐班"，随后又开了个茶馆，叫"同乐茶园"。

茶园生意兴隆，可白喝的也不少。白喝者每天都早来，等相识的一进门，便招呼："这边来！泡茶，堂倌！"待喝足坐久之后，便又喊："汇茶钱！"堂倌闻声来到桌边，同桌茶客争付茶钱，可白喝者只说："我开钱！我开钱！"手却不往自己钱袋里掏。管账的、堂倌对白喝者十分讨厌，却又无法整治，便将情况告诉了一个打"莲花落"的，央他作一套"莲花落"讥讽那些白喝者。

过了两天，打"莲花落"的送来了一副对子。管账的看了很满意，便用楠竹板刻上，挂在茶室的两边楹柱上：

真心请客，就该一五一五；

假意为情，何必我开我开。

自从对子挂上楹柱后，白喝者就逐渐减少了。管账的、堂倌十分开心，同声称赞："对子有效！对子有效！"

（裴希天讲述并整理）

除夕夜的对联

1938 年 10 月，原在荆州的湖北省四区简易师范学校迁到松滋磨盘洲剑峰寺内开办。是年春节几位老师在除夕晚上守岁，谈天说地、讲故事、猜谜语闲聊。有一位教国文的熊姓老师说："我们来作联，以度良宵如何？"遂出一下联：

已过新新年，又过旧新年，新新年旧，旧新年新。

大家经过议论、思考，始终没有对出来。第二年冬季有一位姓韩的绅士娶二房夫人。这几位老师应邀去吃喜酒。一问才知道所娶二夫人是大夫人的亲姐姐，都称赞这是妙事。有位老师触景生情，即兴对出了上联：

先娶小小姐，后娶大小姐，小小姐大，大小姐小。

（程方林讲述并整理）

姓名谑

清末，县城有位聂秀才与主簿尹忠惠交情深厚，二人常常戏谑调侃，玩文字游戏。一日，聂秀才就尹主簿的姓氏说道："丑虽有足，甲不全身。见君无口，知伊无人。"尹主簿也不是一盏省油的灯，想了想聂秀才的姓氏，立马回道："近贵全为聩，攀龙只是聋。虽然三个耳，奈何不成聪。"聂秀才笑道："莫笑我有三耳，何如你蓄二心！"

（王伯昌讲述并整理）

都是妇人

明嘉靖年间，上明城东有个神童叫王其勤，8 岁就中秀才，18 岁中进士，19 岁出任无锡县令，在任上筑城抗倭、丈亩清粮，成为一代名吏，至今无锡市尚有 3 座祠庙祭祀他。

相传，他考中秀才之后，很多官员来到松滋都想一睹神童风采。某日，荆州知府来上明城公干，就召见了王其勤，相谈了一会儿，很喜欢他，就要王其勤陪他察看城内的三教场所（文庙、仁威观、开利寺）。王其勤此时想去找玩伴，就推托说："我不去，我读书的时间到了。那都是妇人场所，没什么好看的。"知府大人奇怪："何出此言？释迦牟尼是妇人吗？"王其勤说："是妇人。"知府大人问："你有何据？"王其勤说："《金刚经》曰：'敷（夫）坐而（儿）坐。'有夫有儿，定是妇人。"知府大人再问："太上老君也是妇人？"王其勤答道："是！《道德经》云：'吾有大患，为吾有身（娠）。'不是妇人，怎么会有妊娠咧？"知府大人又问："孔老夫子总不是妇人吧？"王其勤回道："也是妇人！《论语》云：'沽之哉！沽之哉！我待贾（嫁）者也！'若不是妇人，又怎么待嫁呢？"知府大人听了笑得合不拢嘴。

（王伯昌讲述并整理）

偷　牛

从前，笔架山附近有对夫妻，家里很穷，时常揭不开锅。又快到端午节了，饱读诗书的妻子，对家庭的困境感慨不已，随即吟成七绝一首：

自惭薄命与穷夫，明日端阳样样无。

佳节不宜虚度过，聊将白水煮菖蒲。

丈夫看到妻子的诗，深感愧对妻子，觉得自己应该想办法让妻子高兴过节。端午节前夜，丈夫一人悄悄出门，在笔架山附近偷回来一头牛，准备卖了换些节货，当他把牛牵到市场交易时，竟被失主逮了个正着，钱没换到，人却被告到了县衙，还面临牢狱之灾。

妻子闻讯，随即赶往县衙大堂擂鼓鸣冤，称其夫君根本没有偷牛的意思。如果丈夫有责任，也是自己写诗的原因，责任应由自己承担。县令是个爱才的文官，听到他妻子讲写诗的事，非常感兴趣，想当面试试女子的才气。

县令指着案头三样物品：磨墨的水、砚台和一副象棋，让女子即兴写三首诗，每首诗中都必须有个"牛"字。女子听完县令的话，能凭自己的才气搭救丈夫，心中甚是高兴。女子不假思索，张口即来。

第一件物品是水：

长江滚滚向东流，难洗夫君满面羞。

深恨妾身非织女，良人何必学牵牛？

第二件物品是砚台：

本是民间一石头，匠人雕刻伴公侯。

轻轻一动乌云起，万丈文光射斗牛。

第三件物品是象棋：

两国相争誓不休，兵卒过河水不流。

象车马炮般般有，内中缺少一头牛。

县令看了，拍案叫绝，真乃闺中才女！当即吩咐衙役放了她丈夫，并给她丈夫安排了个差事。

（文维福讲述并整理）

老毛病

有一户人家，伢儿们蛮讲义气，屋里经常客去客来，家里的老婆婆蛮小气，嫌客请多了，心里不舒服。每当客人们吃饭时，老婆婆就故意端一碗苞谷饭坐在旁边，望着客人们吃。一不小心，苞谷末子呛到气管里了，她就在那里止不住地一直咳。客人们就问："您该不要紧吧？"老婆婆边咳边说："那不要紧！我这是老毛病，天天早不咳晚不咳，一吃饭就来咳（客）！"

（陈登宜讲述并整理）

卖鼠药

　　有一个医生到集市买东西，碰到一个地摊主在叫卖老鼠药，他就想买一包来毒死家中的老鼠。正好这个卖老鼠药的认得这个医生，原先找他看过病，花了些冤枉钱，病却没看好。他见这个医生来找他买老鼠药，出恶气的时候到了，就卖给这医生一包假药。

　　第二天一大早，医生气冲冲地来找他扯皮，说："你的老鼠药不起作用，我家的老鼠吃了还大摇大摆地走进了窝。"卖药的就把脑壳两摸，说："哦，我昨天忘记跟你说了，我这个老鼠药七盒才为一个疗程，你还要买六盒。"

（陈登宜讲述并整理）

学　乖

从前，有个姓刘的小姐许了一个憨女婿。没有办法，只好要他出门学乖。

憨女婿背着三匹白布，走了一程又一程，不知乖在哪里，也不知从何学起。一天，憨女婿来到一口大堰旁，听见一个老汉说道："一堰好鱼，可惜无网。"憨女婿一听，觉得这话很稀奇，硬要老汉告诉他学乖。老汉初时不肯，后来听说他愿给一匹白布，只好把这话教他学了几遍。憨女婿学会后又往前走。

隔了几天，他又来到一条河边，只见一个书生从一独木桥上走过去。书生边走边说："双桥好过，独木难行。"憨女婿又觉得这话稀奇，便要学乖。书生怕耽误上学，不愿教他。憨女婿说愿出一匹白布，书生只好答应了。教了几遍，书生看他学会了才上学去。

憨女婿来到一座山上，见两个猎人追赶一只受了伤的锦鸡。一个猎人边赶边说："花花绿绿一只鸡，不知是你的呀，还是我的？"憨女婿一听，又觉得这话比前两次听到的还稀奇，好歹要跟猎人学乖。猎人怕赶不着锦鸡不愿教他，憨女婿答应将手中的一匹白布送给他，猎人只好同意了。

憨女婿学会后，大着胆子跑到刘员外家。憨女婿进门一看，员外家里已有一个斯斯文文的相公坐在那里。原来，员外见憨女婿外出多日，不来求亲，准备将女儿另外许配。员外见憨女婿回来，也只好让他与前来相亲的相公同桌吃饭，看他在外面学乖些没有。一会儿，酒菜上桌，员外请二人入桌，故意不给筷子。憨女婿忽然想起了学会的第一个乖，随口说道："一堰好鱼，可惜无网。"员外一听，觉得十分惊奇！连忙递给他一根筷子。憨女婿接起后，又想起了第二个乖，马上随口说道："双桥好过，独木难行。"员外一听，满脸笑容，觉得憨女婿变得十分乖巧，忙把他从下席请到上席上，二人并坐后，大大方方地喝起酒来。突然一只公鸡从外面进来，憨女婿又想起了最后一个乖，于是顺口说道："花花绿绿一只鸡，不知是你的呀，还是我的？"憨女婿的话一说完，那相公忙站起来，退席走了。于是，员外就让他和女儿成了亲。

（雷体义讲述，诸运素整理）

门神老爷喝稀粥

李老二的媳妇读过几天私塾，讲话满嘴"之""乎"

"者""也"，闹了不少笑话。

　　有一天，李老二安排他媳妇到张三家去借牛来碾麦子，并嘱咐她说："怕下雨，很着急，你这回去借牛就不要要文了，快些牵来我好碾！"他媳妇回道："奴家遵夫命去也。"

　　她见了张三的媳妇，说："拜上嫂夫人，奴家有事相求。"张三的媳妇问她什么事，她说："奴的'天出头'拜上了您的'天出头'，向您借头'午出头'，不知您'止月不止月'？我即'大口包小口'。"张三的媳妇哪晓得她说的是"我的丈夫拜上您的丈夫，向您借头牛，不知您肯不肯？我要马上回去。"张三的媳妇没有听懂，愣了一会儿，干脆不理她，她也就只好空着手回去了。

　　李老二趁媳妇去借牛的空，本想在屋里喝碗粥再干活。他正盛了一碗粥准备吃时，见媳妇空着手回来了。李老二问："你借的牛呢？"他媳妇说："嫂夫人不肯借。"李老二说："想必是你要文人家没听懂吧？"他媳妇边摆手边说道："今儿我可一个'之''乎''者''也'都没说，不信你去问。"李老二叫她把借牛的话重复了一遍，他一听，火冒三丈，一碗朝他媳妇掷了过去。他媳妇站在门槛前，急忙一闪，结果一碗粥泼在大门上，把大门上贴的门神糊了一身。他媳妇指着门神，摇头晃脑地说道："哎呀！你看威威乎，荡荡乎，稀乎—稀乎，门神老爷喝稀粥。"

李老二听了，哭笑不得，只好亲自去借牛。

（王伯昌讲述并整理）

日白的猪元帅

有三个日白佬（方言，爱吹牛的人）拢堆，老大就说："我屋里的东西都是金灿灿、明晃晃的新家伙。"老二就吹："那我屋里家具都是红漆雕花，非常精致。"老幺想了想，就说："我屋里的家具不仅充足，而且还有三个宝贝。"他们就问："是哪三个宝贝啊？"老幺就说："第一个宝贝是猫子，它读过五车书；第二个宝贝是个叫鸡公，它驮得起三石谷子；第三个宝贝是三尊活菩萨，见人就招手。"老大、老二不信，硬要到他家里见识见识。老幺着了急，回去跟老婆讲了这事，老婆就说："不要紧，我明儿来帮你圆谎。"

第二天，老婆就要老幺躲起来，她在堂屋里搭个神台，叫三个儿子坐在神台上，头上顶个红帕子，跟他们说："等一下客人来了，你们就招手。"过了一会儿，老大、老二就来了，问道："老幺去哪了？"他老婆就说："他咋儿出去了，今儿还没落屋。"老大就问："他说屋里有个猫子读过五车书哦？我们来看看的！"他老婆就说："这不巧唦，那个猫子进京赶考去了。"老二就问："他说屋里有个叫鸡公，驮得起三石谷子哟？"他老婆说："是的！但是今儿也见不到，它给那赶考的猫子驮行李去了。"老大、老二将信将疑，说："那他说屋里有三尊活菩萨，见人就招手，今儿能见到不？"他老婆就把他们领进堂屋，老大、老二一看，果然有三尊菩萨在招手，就说："老幺没日白，是真的。幺婶娘，你这三尊菩萨有没有名字啊？"他老婆反应快，说："有，有，有，是菩萨都有名字。这左边的是左元帅，右边的是右元帅，中间是日白的猪元帅！"

（陈登宜讲述并整理）

找客配盘

有一个伙计不仅喜欢喝酒，而且对下酒菜要求还较高。每次喝酒，都要有三个碟子四个碗。日长月久，他的老婆也服侍得不耐烦了，就跟他讲："你好喝酒我不管，但是以后没有客的时候，你就不要择菜了，将就些。"

那天中午，他提前到灶屋里一看，没有什么好菜下酒，他就连忙跑到门口守起，看路上有没有亲戚经过。等了一会儿，连个熟人都没看到。这时候，一个做生意的从门口经过，他连忙拉人家到屋里喝酒吃饭再走，那个生意人口干舌燥，求之不得，就跟着进了门。这时，伙计就喊："婆婆子（方言，中老年男子对妻子的昵称），来了远客，好酒好菜招待哟！"他的老婆以为是稀客，就赶紧加了几个大菜，摆了一满桌。

这时，伙计与客人一人酌了一杯酒，他就胡吃海喝起来，旁若无人一般。那个做生意的，只把酒杯子端起抿了一小口，那个伙计一杯已经喝完，第二杯又酌起了，他就说："甲子乙丑海中金，客不酌酒我又清啦。"喝干第二杯后第三杯酒已酌，吃了两口菜又说："丙寅丁卯炉中火，客不酌酒又归我。"他喝完第三杯第四杯已酌，就把酒壶一收，说道："戊辰己巳大林木，客不酌酒我收壶。"那个做生意的只背了个吃饭喝酒的名，一杯酒还没喝完，那个伙计就把筷子一放，肚子两摸，说："客啊，等黑哒吃夜饭时您又来配盘啰！"

（陈登宜讲述并整理）

吃卤豆腐

主人招待亲家，其中有一碗卤豆腐。亲家一口一块卤豆腐，顷刻吃了大半碗，边吃边说道："这好吃！这好吃！"主人看得目瞪口呆，觉得亲家有些失礼，就故意说道："亲家，好吃您就多吃点，我腌制了很多。"亲家说："是吗？您腌制了多少呢？"主人说："我用皇桶（方言，装粮食的木桶）腌的！"亲家说："噢？我还是第一次听说卤豆腐用皇桶来腌制的！"主人说："像您这样吃，不用皇桶腌行吗？"

（向世强讲述并整理）

两女婿砍柴

从前，有一户人家，男主人好风雅。他有两个女婿，大女婿人很木讷，不善言谈，只会做事，不受岳父喜欢；二女婿嘴巴很甜，善于附庸风雅，很讨老丈人喜欢，但做事却偷懒耍滑。

有一天，老丈人请两位女婿来帮忙砍柴。早餐时就炖了一只鸡，老丈人对二位女婿说："我来给你们夹菜，你们谁说得文雅，就归谁吃。"老丈人先夹了一个鸡头，问："这是什么？"大女婿说："这是鸡脑壳。"二女婿说："这是'朝天叫'。"老丈人连忙点头，将鸡头放在二女婿碗中。老丈人又夹了一个鸡脖，问道："这叫什么？"大女婿说："鸡颈项。"二女婿说："不对！这叫'鸾鹤颈'。"鸡脖又归了二女婿。老丈人又夹起一个鸡翅膀，问："这叫什么？"大女婿说："鸡翅膀。"二女婿说："不对，这叫'有翅难飞'。"鸡翅膀又归了二女婿。老丈人又夹起鸡大腿问是什么，大女婿一想反正答不对，就不作声，二女婿就连忙说："这叫'打鼓槌'。"老丈人又夹起一截鸡肠，二女婿忙说："这叫'紫金绳'。"于是，二女婿占尽了风头，吃了顿丰盛的早餐，大女婿仅喝了点汤。

吃完早饭丈母娘就安排二人上山砍柴，大女婿憨厚，就认真去砍。二女婿看到附近的邻居也在砍柴，就去偷，结果被人抓住，用绳捆起来，吊在树上一阵暴打，他哭爹喊娘，这才惊动了砍柴的大女婿。大女婿连忙跑来求情，人家正在气头上，不买账，大女婿只好跑回老丈人家报信。老丈人问到二女婿的遭遇时，大女婿说："他们用'紫金绳'，锁住二弟的'鸾鹤颈'，一阵'打鼓槌'，打得他'朝天叫'，他'有翅难飞'，硬是飞不回来！"

（文志祥讲述，熊韬整理）

竖起耳朵听

从前，有户人家过喜事，好不容易请了个账房先生。这天，亲戚朋友都带些茶礼来送恭贺，谁知道这个账房先生识字不多，他看见客人送什么礼物，他就在账本上画什么。别人送的绿豆，他就画个小圈；别人送黄豆，他就画个大圈；送猪油，他就在本子上抹一下；送猪脑壳，他就画三个圈圈，中间的圈圈代表猪鼻子，上面两个圈圈代表猪的一对耳朵。到晚上交账的时候，主人看不明白，账房先生就指给他看，他说："我这给您记得清清白白，小圈代表绿豆，大圈代表黄豆，一抹糊的是猪油，竖起耳朵听的是猪脑壳哟！"

（陈登宜讲述并整理）

过　硬

以前，有个伙计走远路走累了，就在路上拦便车。好不容易等到了一辆拖拉机，就拦了下来，请师傅带一程，好说歹说师傅硬是不同意。这伙计就说："你不同意，那我就过硬（动粗的意思）的哟！"师傅听他一讲，以为有场硬仗，马上就从座位下掏出铁摇把，扬过头顶，恶狠狠地说："你想怎么个'过硬'法咧？"伙计一看是个硬茬，就说道："那我就过硬（踏踏实实的意思）地走哟！"

（陈登宜讲述并整理）

有了肉，我连命都不要了

过去，每个农户在春节前都要给家人添置几件新衣，准备过年。在物质极其匮乏的岁月里，有一张姓老板请来附近的裁缝师傅做工。老板当然要尽地主之谊，热情款待。那年张老板家实在是置办不起肉类食品，自己勉强磨制出最高档次的菜——豆腐，加上几个配菜。餐桌上裁缝师傅挺挑嘴，只往豆腐盘中拣菜吃，其他菜就象征性地尝了一下。张老板问裁缝师傅："您为什么这样喜欢吃豆腐？"裁缝师傅回答："嗯，豆腐简直就是我的命啦！"第二年，张老板依然请来这位裁缝师傅制衣。张老板家中条件略有好转，便上街割猪肉款待客人，菜肴除了豆腐，便多了一盘炒肉丝。裁缝师傅的筷子似乎不转弯，只拣肉吃。张老板问其怎么不吃豆腐了，裁缝师傅说道："有了肉，我连命都不要了！"

（许健葵讲述并整理）

"忽忽"比"匆匆"快些

20 世纪 80 年代末，某镇召开机关干部会，机关党支部书记宣读一起违纪案件的处分通报，把其中一句"来也匆匆，去也匆匆"念成了"来也忽忽，去也忽忽"。听得机关干部哄堂大笑，会上一名老领导诙谐地说：你们不要笑，"忽忽"比"匆匆"还是快些！

（许健葵讲述并整理）

拿给你看的

民国时期，上明乡铁匠铺子有位警长叫刘伯诚，他是个文盲，不识字。因为做事踏实，经常帮乡长干活，被推荐为警长，管治安。一日，属下给他送文件来，他拿着文件装模作样看起来。属下窃笑起来，刘警长严肃地问道："笑什么？"属下说："警长，您将文件拿倒了！"刘警长一听，更生气了："什么拿倒了！我是拿给你看的！"

（陈远凤讲述，熊韬整理）

讨吉利

从前，童生参加科举考中秀才称进学。话说有个财主的儿子十年寒窗，学业有成，准备参加岁试，这天家里整了酒席为其饯行，酒席都摆好了。他家有个佃户叫王先进，家里揭不开锅了，就去找东家借粮。刚走到东家门口，管家见了高喊一声："老爷，先进来了。"财主一听，我儿要参加科举，"先进"，吉利！于是拉先进坐上席吃酒。先进的老婆见老公去了多时未回，便叫儿子王一名去找他。一名刚到东家门口，管家又高喊一声："老爷，一名来了。"财主一听，"先进""一名"，太好了。又拉王一名上桌吃酒。酒足饭饱，王先进才对财主说："今天我父子多谢东家吃了顿饱饭，可家里断粮了，老婆还在家等米下锅呢，本想来借粮的。"财主回答干脆："好说，好说，小事一桩。"随即，吩咐下人给他准备了一袋米。

王先进背上米就拉着儿子告辞，财主高兴，就留他道：

"你不着急吵，在我这玩会儿再走。"王先进说道："多谢东家，玩不得了，再玩会儿太阳就要落山了！"财主本想讨个吉利，听到"落山"二字，气得半晌说不出话来。

（李清旭讲述并整理）

先生考字

从前，有个教私塾的先生，到一个学生家里去家访，学生家长就用开水冲了一碗新米面糊，先生三下五除二就吃完了，他想把碗上粘的舔干净，又不好意思。先生眉头一皱，计上心来。

先生便把学生叫到跟前说："我当面考考你怎样？"学生答应了。先生又说："文房四宝今日没带，就用这个碗写字你认。"先生将碗拿在手中，用舌头在碗中一舔而过，问学生是什么字。学生说是"一"。先生又用舌头横舔一下，说："你认识吗？"学生说是"十"。先生又用舌头顺着碗舔了一圈，学生说是"田"。先生见碗中粘的米面糊不多了，便摇头晃脑一阵狂舔，这时学生慌忙叫了起来："哎呀！先生，您不能草，草书我就认不得了。"

（文治祥讲述，熊韬整理）

丰寡妇巧戏篾匠

从前，有两个篾匠自以为手艺高明，做事懒洋洋，不把雇主放在眼里。

有一天，他们到姓丰的寡妇屋里去做工，一进门，丰寡妇十分客气问两个师傅贵姓。篾匠轻视寡妇，有意刁难说："弓长十八子。"寡妇不假思索笑道："原来是张、李两位师傅！"两位篾匠暗自吃惊，便问："大姐贵姓？"丰寡妇说："我三横一直不姓王！"两篾匠一时回答不出，丰寡妇又对篾匠说："听说两位师傅手艺巧，我说四样东西，如果你们能猜出来，立即给你们工钱，要是猜不出，就把你们的担子留在这里。"篾匠自认为见多识广，一定能猜中，便同意了。

丰寡妇说："鹞子翻身云里过，团鱼煨沙牢里坐，千根签儿不回头，有口无牙吞细货。"两位篾匠你看我，我看你，谁也猜不出来，只好认输，把担子留下。原来丰寡妇说的是甑篷、甑底子、刷帚、沙撮子四样东西。

从此以后，篾匠再也没有担子了，只好用围裙包篾刀做生意。

（曾凡智讲述，雷正琼整理）

争上席

相传，石匠、木匠、雕匠、面匠、漆匠，原本是同宗一脉，按规矩石匠为大，漆匠最小。

有一天，石匠与漆匠同在一户人家做事。早上吃饭，石匠往上席一坐，也不等漆匠入席就吃了起来。中午吃饭，石匠照样坐上席，漆匠有点不服气了。晚上吃饭时漆匠也不客气地往上席一坐，喊道："孙子，快来吃饭啰！"石匠感到奇怪，便问漆匠："你怎么喊起孙子来？"那漆匠不慌不忙，把手指一扳说："你看，七匠、八匠、九匠、十匠，我漆（七）匠在先，再过三辈才是你石（十）匠，应该喊你重孙子才对咧。"

（罗成怀讲述，许弟华整理）

赵大请客

赵大不善言辞，经常得罪人。这一天，赵大乔迁新居，特地准备了好酒，邀请新邻居钱二、孙三、李四、周五来做客。准备吃饭的时候，赵大见周五还没有到，便嘀咕了一句："该来的还没来！"这话恰好被身边的钱二听见了，钱二心想：原来周五才是该来的，我们都是不该来的。于是，连招呼都没打就走了。赵大见钱二走了，又说："唉，不该走的又走了。"这话又被孙三听见了，孙三心想：原来该走的是我们！也气冲冲地走了。赵大看孙三又走了，便对李四说："我又不是在说他。"李四心想：这里就我和孙三两人，你不是在说他，那一定是在说我啰。他也二话不讲，起身就走了。赵大满头雾水，说道："怎么都走了呢？"

（吕峰讲述并整理）

作诗许婚

有一对年近花甲的夫妇，膝下有一独生女儿，十七八岁，花容月貌且聪明伶俐，平时挑花绣朵、吟诗作对均出众，只是还没找婆家。做媒的踏破门槛，可女儿就是不允。

一天，她爹出门去，有媒人对她爹说："你女儿大了，我给她找一户好人家吧，那人是教书先生，很有才。"她爹说："女儿的事我不好做主。这样，你叫那人正月十五到我家来，让他们当面谈。"过几天，她妈出门去，又有一媒人对她妈说：

"你女儿大了，我给她找一户好人家吧，那人是个道士，很能干。"她妈说："女儿的事还要她自己相得中。这样，你叫那人正月十五到我家来，让他们当面聊。"

爹妈回家一讲，一女许了二男，不知如何是好，二老互相埋怨。女儿听了心想，你们只知道两处，不晓得我自己还许有一处，是个种田的，也是叫他正月十五来的咧！看到二老着急的样子，女儿说："爹、妈，你们不用担心，到了那天，你们只躲在房中听，不出面，我自会妥善处理。"

正月十五，女儿一清早起床，收拾房间，备好饭菜。一会儿，教书先生、道士和种田的相继来到，女儿一一热情招待。酒宴开始，女儿请三位男儿各坐一方，自己坐一方陪酒。女儿说："感谢三位公子对我的厚爱，可我不能分身，只能相许你们其中一人。今天你们都吟个四言八句，谁吟得合我心意，我就许给谁。不过这四言八句也要定个框框，第一句末尾要有'随身带'，第二句末尾要有'逗人爱'，第三句末尾不限，第四句末尾要有'除在外'。"

教书先生想，作诗他们肯定胜不过我，于是抢先说道：

我笔墨纸砚随身带，教一堂学生逗人爱。

每年俸钱三百吊，还有那读跑学的除在外。

道士接着说：

我钵盂点子随身带，做起法事逗人爱。

坛门一年三百吊，还有那赶坛的除在外。

教书先生和道士都以鄙视的目光望着种田的，满以为他不是竞争对手，谁知种田的却不慌不忙地说：

我犁耙赶鞭随身带，耕几亩田儿逗人爱。

每年收稻谷三百石，还有那糯谷除在外。

说罢，三人将目光对准那姑娘，都希望自己能被相中。谁知那姑娘想了想说：

我剪刀样包随身带，挑花绣朵逗人爱。

我只要那稻谷三百石，把你们两位先生都除在外。

种田的心花怒放，教书先生和道士一听只好怏怏地走开了。

（宁远俊讲述并整理）

周公说您没去

一位先生在课堂上打瞌睡，学生去问字时，等了好一会儿，先生未醒。学生只好将先生推醒。先生自知失态，便说："刚才我不是睡着了，我是去见周公，幸亏你把我推醒，不然周公还要留我喝酒呢！"

过了一会儿，这个问字的学生在座位上也打起瞌睡，先生走过去就给了学生一记耳光，斥道："不努力读书，打什么瞌睡？"学生委屈地哭道："我没打瞌睡，我是去问周公刚才看到您没有。周公告诉我，说您没去！"

（宁远俊讲述并整理）

小孩得夹工钱

某人请了几人栽秧，其中有一个小孩，其余都是大人。栽秧时凡是有秧扯得不整齐的，众人都说："哎，这是那小孩扯的。"但听田中这里也说、那里也说："这又是那小孩扯的一把秧。""这又是小孩扯的……"雇主听在心中，也不作声。

收工吃晚饭时，雇主专把小孩请到上席，并给小孩开了夹工钱（两份工钱）。众人不解地问："老板，这不公平吧，我们大人栽得多些，只得一份工钱，他一个小孩明明栽得少些，为何要得夹工钱呢？"雇主说："我在田边听到了，你们今日栽的秧都是这小孩扯的，要不是小孩扯秧，你们拿什么栽呢？"

（宁远俊讲述并整理）

“鸟”焦巴弓

　　从前，有一个教书先生，经常教出错别字。后来家长便要与先生签一份合同，如再教错字就得赔偿。先生签的合同是："教错一字，一年俸钱不要；教错两字，身上穿戴抵押；教错三个字，家中财产做赔。"

　　开学不几天，先生将"抚"字教成了"无"字，家长拿着合同来找先生，先生只好答应一年不要俸钱。不几日，先生把"曾子曰"读成了"鲁子曰"。家长找来，先生只好把头上的风帽做抵押。谁知没隔几天，先生又把《百家姓》上的"乌焦巴弓"念成了"鸟焦巴弓"，家长又找来要赔偿。先生无奈地说："我妻胡氏在家养有一头母猪，你们去牵好吧？"家长说："那好，你先得给我们写一个字条，不然恐怕师娘不给。"先生便写道：

　　拜上贤妻古月胡，今年俸钱半边无。

　　风帽失为鲁子曰，鸟焦巴弓发母猪。

（宁远俊讲述并整理）

道士遇到鬼

以前，古城坡上有一个道士，他自称掌管不少阴兵阴将，道法高强，方圆十几里经常有人请他去画符捉鬼。

一日，他到朋友家谈天聊到深夜。朋友劝道士在家过夜，道士硬要回去，就在送他的途中，朋友有意将几片苞谷叶悄悄系在他的发辫上。分手时，朋友再三叮嘱道士在路上小心遇到鬼。道士说："哎，我不知给人家捉了几多鬼，还怕鬼吗？"分手后，道士一个人走在路上，迎着微风，背后苞谷叶吱吱作响，站着听，又不响，走起来又响。道士怀疑有鬼，急忙打起盘腿念咒。再起身走，还是吱吱作响。回头看，又没发现什么。

道士想：今日是什么恶鬼，硬要与我作对！心中胆虚，汗毛直竖。想喊朋友吧，又不好意思。只好铆起胆子，打好盘脚，口念："黑虎赵元帅，黑虎赵元帅……"起身再走，还是吱吱作响。道士慌了，干脆扯起胯子就跑，不跑不打紧，哪晓得跑得越快，背后风越大，苞谷叶擦得越响，越响他越拼命跑，跑得他浑身衣裳湿透，头发都在滴水，鞋子也跑掉了一只，也不知跌了好多跤，"赵元帅"跑掉了，口中也只是"黑虎""黑虎"……等跑到自家门口，连叫门都不会了，只用屁股撞门。他妻子听到响声，知是丈夫回来了，连忙开门。"咕咚"一声，道士一个跟头跌进屋中，口中还在"黑——虎——黑"。妻子见他这个样子，哭笑不得，忙说："你今日疯了？还系些苞谷叶在辫子上干什么？"道士大叫一声："哎呀，我的妈呀！"道士这才明白，原来是一场虚惊。

（李元珍讲述，宁远俊整理）

教书合同

从前，有一位热心的教书先生，专教穷人子弟，不讲吃喝，不要俸钱，这事被东村的万财主知道了，硬逼先生去给他教孩子。先生没法，只好去了。财主要先生同他签了一个不讲吃喝、不要俸钱的合同。

先生在财主家教了两个月就辞职不教了，财主追问原因，先生说："你自己天天喝酒吃肉，却给我粗茶淡饭，又不给我俸钱，谁还给你教书呢！"财主说："我们有合同在先，你岂能反悔？"先生说："就是因为你不按合同办我才不教的！"双方争执不下，同到县衙找老爷评理。财主呈上合同说："请老爷过目，这是先生他亲笔写的合同，明明写的是'无鸡鸭可，无肉鱼可，粗茶淡饭不可少，不得要俸钱'。"先生忙说："老爷，是他故意念错了，合同上明明写着'无鸡，鸭可。无肉，鱼可。粗茶淡饭不可，少不得要俸钱'。"县官一听，忙问财主："既有合同在先，岂能擅自更改？"说完，命衙役先打财主二十大板，财主一听要挨打，早吓得软胯无力，连连答应给先生支付俸钱，开好伙食。

（覃孔春讲述，宁远俊整理）

没见荤

从前，有一个小财主相当吝啬，近处知情的工匠都不帮他做工了。眼看冬天就到，全家要添衣裳，他只得从外地请来一位裁缝师傅。裁缝师傅给财主一连缝了七天衣裳，没见到鱼和肉。

一天，裁缝师傅望着财主家的天井，计上心来，有意讽刺财主一下，便故意问道："老板，我观察了很长时间，你这丹池（方言，即天井）的水怎么出去呀？若是下雨那岂不要用人工往外头挑啊？"财主一听，哈哈大笑！说："我看裁缝到底是裁缝，只知道缝衣裳，连丹池的水怎么出去都不晓得，用人工挑那还得了，这丹池是有涧（方言，读若荤）的啦！"裁缝说："我来了六七天，天天仔细看，就硬是没看见荤啊！"财主一听，脸唰地一下红到了脖子根，不作声了。

（毛世林讲述，宁远俊整理）

干鱼庙

　　从前，有一个穷书生背着干粮上京赶考。晚间，投宿在一个小山村，刚上床，突然听到一阵凄凉的叫声，便翻身下床，循声查看，原来，是一只小黄鼠狼在竹棚上苦苦挣扎。书生见状，顿生怜悯之心，故将黄鼠狼放掉，并将一条干鱼投食于黄鼠狼。

　　事有凑巧，一位信士正饿得奄奄一息时，在丛林中竟然捡到一条干鱼，大为震惊，认定是神仙所赐。于是，传说纷纷，轰动四方，众人积资募捐，很快在此建造了一座庙宇，命名为干鱼庙。人们慕名朝拜，一时南来北往，络绎不绝。话说穷书生中得状元之后，前呼后拥，喜转回程，路过小山村时，见新建了一座庙宇，甚觉奇怪，便下得马来，一打听，不觉暗自好笑。他随着香客挤进庙内，庙祝见新科状元光临，喜上心头。为了扩大影响，扬名四海，招揽游人香客，庙祝恭请新科状元为干鱼庙题词。这新科状元也毫不推让，当场疾书："去时黄鼠叫，回程变成庙。天下无神鬼，全是人在闹。"

（向选栋讲述，谈大新整理）

双要赔

有个叫吴芝的庄稼人生得忠厚老实，他的妻子慧珍玲珑乖巧。但他隔壁住着一个贪婪刻薄的周婆。有一天，吴芝误把周婆养的猫打死了。周婆想借机敲诈吴芝，气势汹汹地对吴芝说："我的猫儿后似龙来前似虎，一夜不知要捉多少鼠，要赔银子五两五。"吴芝一听急得团团转，哪里去弄银子来赔呢？周婆在吴芝的屋里指手画脚，高声亮嗓，大有不赔不走的势头。他的老婆慧珍闻言就悄悄地把一个蚌壳放在周婆的身后，周婆一转身，刚好踩在蚌壳上。慧珍连忙拉住周婆要赔蚌壳。她说："我蚌壳前头尖来后头秃，既可以盛饭又可以盛粥（方言，读若竹），要赔纹银六两六。"周婆一听偷鸡不成反倒要蚀一把米，只好溜之大吉。

（邓国珍讲述，许弟华整理）

小姐吟诗

从前，有个学生叫陶春，生得眉清目秀，才华出众，先生的千金非常爱慕他。因为小姐在绣楼上，无法和陶春相见。待放学后，小姐心生一计，故意把剪子丢到楼下，要陶春送上楼来。陶春怕遭闲话，便把剪子从楼口抛了上去。过了一夜，小姐又把扇子丢到楼下，要陶春亲自送上楼来，他又把扇子从楼口抛了上去。小姐见两计不成，便又生一计，把花线丢到楼下，要陶春抛上去。哪知花线分量轻，陶春怎么也抛不上去，只好送上楼。

两人相见，千言万语一时难开口。还是小姐机灵，故意挑开话头，问陶春家乡可有泥鳅。陶春回答："有！等暑假回乡一定带来。"谁知陶春暑假中走亲访友把泥鳅之事忘记了。陶春来到学堂，也不好意思去见小姐。小姐望穿眼睛，便写了一首诗："一把扇子遇剪刀，难为花线立功劳。只望立夏两相随，都因泥鳅两离抛。"世上没有不透风的墙，这首诗传到了先生耳中，他气冲冲地质问小姐："为何写下如此伤风败俗的诗句？"小姐胸有成竹地解释道："扇子原是山中野生植物，经剪子一修整，这不是一把扇子遇剪刀吗？不用花线镶边就不牢靠，这不是难为花线的功劳吗？只望立夏两相随，天气炎热了，人总离不开扇子啊！只因泥鳅（谐音立秋）两离抛，立了秋，天气凉了，还要扇子干什么呢？"先生一听，果然有理，转而夸奖女儿写的诗好。

（熊灰鼎讲述，许弟华整理）

借渡船

从前，有七个举子上京赶考，已是半夜三更，还没投店，途中被一条河挡住了去路，他们正蹲在堤坡上发愁，突然远处来了一只小船。船上点着亮，船划到近处一看，上面坐着两个女子。七个举子要求船家把他们摆一摆，船家说："船是两位小姐雇的，要和她们商量。"两个小姐一看是几个文人就答应了。

举子们上船后，大小姐说："要借渡船可以，对上诗就让过去。"举子们自恃有文墨就答应了。二小姐说："我们以一二三四五六七八九十为题。"举子们点头应允。二小姐当即吟起诗来：

一娇与二娇，三寸金莲四寸腰。

买得五六七两胭脂粉，妆成八九十分姣。

七个举子听了，你朝我看，我朝你看，后脑壳都抓破了，就是对不上来，船家又一直催促他们快点，此时，小姐也用话讽刺他们。过了一会儿，一个举子说："我想把数字颠倒过来对，不知二位小姐是否应允？"小姐点了点头，举子开言道：

　　十九月的天气八分寒，七个举子六个站。

　　五更四点鸡三唱，二娇与我同一船。

　　两位小姐听了，内心感到佩服，便叫船家摆他们过河。

（胡志远讲述，卢锦燕整理）

比胡子

　　从前，有三姨佬，碰到一起就爱说个四言八句。某年过小年，大家都到岳父家辞年，闲来无事，就比起胡子来。大姨佬说："胡子长，胡子长，天下的胡子我为王。"二姨佬接着说："胡子短，胡子短，天下的胡子归我管。"三姨佬摸了摸下巴，说道："胡子稀，胡子稀，天下的胡子被我欺。"大家未分出胜负。

　　下午，老丈人杀了一头牛，要女婿们走时带些牛肉回家，前提是要说个四言八句，按照所说的分配。二姨佬抢先说道："我的胡子硬如针，牛肉我要割十斤。"于是，老丈人给他割了十斤。大姨佬见是来真的，连忙说道："我的胡子一大把，牛肉我要一只胯。"老丈人又给大女婿砍了一条腿。三姨佬贪心，说道："我的胡子几稀根，牛肉被我得干净。"老丈人听说全部要，就面带难色愣在一旁。这时，家中尚未出阁的幺姨妹在室内看到这一幕，气冲冲地跑出来，将大姨佬、二姨佬手中的牛肉夺了过来，然后右脚往板凳上一踩，手往下一指，说道："我的胡子一抹黑，牛肉你们半点都没得！"

（吕峰讲述并整理）

蚊子大似鹅

纸厂河的蚊子特别大，特别凶。只要一提到纸厂河的蚊子，大人孩子都晓得这个故事。

不晓得哪个朝代，这里发了大水，人们都逃到外边躲水荒去了。一个姓赵的人，在江浙一带谋生，不想吃了冤枉官司，被判充军。

临走之前，姓赵的人坐在牢里想：我在外闯荡一生，还落得个充军的下场，不晓得要到什么地方，这把骨头会扔在哪里？不觉想起老家来了。正在不乐，又被一群蚊子叮咬得厉害。他想到家乡的蚊子，顿时生了一个主意。

第二天过堂的时候，姓赵的在官老爷判决之前说道："望您恩典，随便把我充到什么地方都行，千万别充到松滋纸厂河。"官老爷一听，很好奇，忙问为什么。姓赵的说："松滋纸厂河，蚊子大似鹅，打它三桨桩，一翅飞过河。"官老爷一听，发怒道："这还了得，哪有充军的犯人还自己选地方的，偏要把你充到那里去。"就这样，姓赵的就回到了老家，这个故事也就传开了。

（覃文寿讲述，山海整理）

一目了然

从前，有三个老庚（同年出生的人），都喜欢喝酒，但是老三只喝别人的酒，自己从不做东还席。有一天，老大和老二备好了酒菜并商量："如果今天老三来了，必定要作个四言八句，才许他喝酒。"过了一会儿，老三果然来了，要喝酒。两个老庚说："这样吧，你要喝可以，我们必须以'一目了然'为题吟诗作对，说得好就让你喝。"老三道："那你们就先请吧。"老大说："一目了然桔和柑，'出'字分开两架山，一架山长桔，一架山长柑。"老二说："一目了然风并雪，'朋'字分开两轮月。一轮月管风，一轮月管雪。"老三瞥了一眼桌上的酒菜，随口说道："一目了然肉与酒，'吕'字分开两个口。我一口吃你的肉，一口喝你的酒。"老三说得非常贴切，老大和老二只好让他同桌饮酒。

（杜明炎讲述，可人整理）

满缸酒

有个老汉，开了一所粉坊，以卖粉为业。老人勤劳一生，除了抽点烟外，滴酒不沾。但是老汉的儿子却不成器，经常饮酒作乐，不务正业。父亲不许他喝，他就跑到外面去喝。老汉多次劝说无效，恨之入骨。

第二天，老汉用取粉的大缸装了一满缸酒，对他说道："平常叫你不喝酒，你总是要喝，为父今天给你搞了一缸酒，让你喝个够。"没等话说完，儿子便趴在缸边咕噜咕噜地喝起来。他父亲气不过，操起他的双腿就往酒缸里掀，又搬了一块大腰磨盖上，想把他淹死在里面。

老汉对儿媳说："昨天我除了一害。叫你丈夫不喝酒，他总是不受教，我把他掀到酒缸里淹死了。"儿媳妇一听，如雷轰顶，连忙跑到酒缸旁边大哭起来：

哭一声丈夫好悲伤，我夫今日葬酒缸。

当时不听妻子劝，酒海之中把命丧。

哪知她丈夫却并没有死，还在里面喝酒。听见哭声，连忙对答：

叫声妻子莫悲哀，你夫今日酒缸待。

昨日淹起脑壳顶，今日喝出肩膀来。

若念夫妻恩和爱，你从磨眼里递点下酒菜。

（杜明炎讲述，可人整理）

狭路相逢

从前，浣水河岸有姓罗和姓诸的两个人，都以要强而出名。

有一天，姓罗的骑着一匹骡子，姓诸的赶着一头肥猪，两人在途中狭路相逢，各不相让。眼看天色已晚，双方心里都很焦急。正在这时，一个叫花子路经此地，看二人对面伫立，觉得十分可笑，便问原因。姓罗的说："我骑骡赶路，他迎面挡道，好生无理！"姓诸的说："我赶猪前行，他正面拦住，好生无理！"叫花子听后，说："这好办，你们二人对对子，以骡、猪为题，哪个对不出，哪个就让路，如果都对上了，就抓阄，再决定谁先让路。"罗、诸二人见有人解围，也就点头答应了。

只见姓罗的略加思索，说道："言者诸，豕者猪，猪前诸后诸赶猪。"姓诸的听后气得满脸通红，搔搔头皮，也出口道："马累骡，四维罗（羅，繁体字），骡上罗下罗骑骡。"二人虽然出言别有用心，却也对仗工整。叫花子叫姓罗的去借笔墨，叫姓诸的去借纸张，准备抓阄定胜负。等诸、罗二人借来纸笔，回到原地一看，猪和骡子都被叫花子牵走了，二人捶胸顿足，号啕大哭。

（张兵善讲述，毛鹏整理）

学教书

有两兄弟，哥哥教书，弟弟种田。弟弟以为种田太苦，就跟哥哥学教书。

谁知开学的第一天，就碰上个难字，弟弟不好意思当着学生的面直接问，就哼着调子问哥哥："一个锅哇子（方言，小钢精锅），装三个汤丸子，不晓得是什么字？"哥哥听了，忙拖腔答道："有没有锅铲子？若有锅铲子，就是个'必'字，没有锅铲子，就是'心'字哩。"

（彭明高讲述，皮远传整理）

死泅上

每逢乡里邻居有事，史七总要到场指手画脚一番。甲长与保长来了，他嬉皮笑脸、点头哈腰献殷勤。

一天，他死拉硬扯地接保长到家里喝了酒，送客转身，路上遇着柳木匠，他一边用牙签剔牙，一边卖弄说："木匠，你看怪不怪？全村这么多人家，保长来了不到别处去，专找我干两杯。"木匠笑着说："我听人家说，有个寻短路的在沙市投水，到宜昌才捞到尸咧。"史七不信，木匠说："你不信吗？他那才叫作'死泅上'（攀附权贵的意思）咧。"

（覃先珍讲述，皮远传整理）

两姨佬抬杠

从前，有个李善人，他有两个女婿，大女婿处处讨好岳父，得到岳父的偏爱。二女婿看不惯，喜欢处处抬杠。

一天，李善人同两个女婿外出游玩，走到一棵松树下，李善人问大女婿："松树为何四季绿葱葱？"大女婿忙答："树干直、树心实，所以四季常绿。"二女婿顶撞大女婿说："竹竿直、竹心空，怎么也是四季常绿呢？"李善人不理二女婿，走进桃园说："桃子在树上为何一半是红的，一半是绿的？"大女婿又答："向阳者红，背阴者绿。"二女婿听罢又说："胡萝卜埋在地里是红的，叶子在上面见阳光反而是绿的。"李善人也不介意，往回走到一个池塘边，见一只鹅在叫，就问大女婿："鹅为什么叫这么大的声音？"大女婿忙说："颈长者，音必大。"二女婿反驳说："蛤蟆没有颈，叫声也很大。"李善人边捋胡子边说："胡子为啥这么白？"大女婿讨好地说："岳父年高德劭，胡须皆白。"二女婿忙说："羊一生下来就有白胡子，难道也是年高德劭？"李善人一听，哭笑不得。

（罗金维讲述，江平整理）

落布的家伙

　　从前，有个裁缝落（方言，即偷占为己有的意思）了东家一块布，收工的时候把烙铁掉在东家家里了。裁缝刚走，东家发现了烙铁，就叫他的幺儿子快给裁缝送去。幺儿子不认得烙铁是什么东西，大人告诉他是烙布的家伙。幺儿子一出门就边追边喊："烙布的家伙，烙布的家伙！"裁缝听到喊声，心里犯冷病，便装着没听到，越走越快。幺儿子也越追越快，裁缝见幺儿子快赶上，才收住脚，掏出布对他说："不喊哒，我把布还给你。"

　　　　　　　　　　　　（高碧国讲述，肖国松整理）

不准吃萝卜

　　从前，有一个财主腹内空虚，目不识丁。可他时常装着满腹经纶的样子，长工非常恨他。

　　财主听说县衙贴出了一张榜文，便一边吃着萝卜，一边挤到人群中去观看。正巧，他家一个放牛娃也来到这里，见财主边吃萝卜，边装模作样地在看榜文，便有心戏弄他，使他当众出丑。突然，他灵机一动，两眼看着榜文，摇头晃脑地读起来："湖北荆州府，不准吃萝卜。"

那财主一听，吓得心里七上八下，马上就把萝卜甩了。"甩了打八百（板）！"当放牛娃慢悠悠地念出这一句时，财主脸都吓白了，又急忙捡起萝卜。"捡起来罚一千五！"财主听了，浑身像筛糠，甩也不是，不甩也不是，左右为难，不知怎样才好。

（曾射虎讲述，邓松井整理）

"簸"的那个

从前，有一个媒婆给一个后生说了个媳妇。姑娘虽然长得标致，却是个跛子。相亲这天，媒婆叫姑娘在门口用簸箕簸谷，媒婆指着姑娘对小伙说："你看清楚哦，就是簸的那个。"后生一见"簸"的那个，眉清目秀，满口答应。良辰吉日，姑娘下得轿来，后生一看新媳妇一颠一跛，他拉住媒婆问道理，媒婆说："我早就跟你讲了的，是跛的那个吵。"

（龚明玉讲述，苏启香整理）

天天吃肉

从前，街河市有个万秀才，家里都揭不开锅了，既穷酸又爱显摆。他不知在哪里捡了一小块腊肉皮，视如珍宝，每天出门前就用腊肉皮将他的嘴巴抹得油渍渍的。他逢人便吹："我家里天天吃肉哩。"正在这时，儿子跑来报告："爹，我们的腊肉被狗子叼走了。"他一听越发得意起来，又故意问："是三斤重的那块，还是五斤重的那块？"儿子不明其意，不耐烦地说："就是你天天出门之前抹嘴巴的那块肉皮呀！"

（雷元卿讲述，刘玉清整理）

畜生也有号名

从前，读书人都取个雅号，俗称号名，外人不得直呼其名，必须喊号名，以示尊敬。上明城中原有一位姓马的员外，祖上有军功，留有些财产，但是传到他这一代，天资愚笨又不爱读书。一天，他的表弟打算近期外出，想找他借马一用，又不晓得他肯不肯借，于是就写书信试探一下，信上写道："偶有他往，敢借骏足一行。"马员外见信大惊："这足也能借吗？我把足借给他了我怎么走路咧？"旁边人告诉他："您表弟是想借马，'骏足'是敬称。"马员外大笑道："如今世界不同了，原来这个畜生也有个号名！"

（熊韬讲述并整理）

石县令

明代松滋有位县令叫石敏中，为人为政都较宽大。一天，石县令骑马巡视，马夫失控，马受到惊吓使石县令从马背上摔了下来。随从一边呵斥马夫，一边扶起石县令。石敏中又爬上了马，笑道："不要紧！好歹我是个石县令，如果是个瓦县令，那就跌碎啰！"

（熊韬讲述并整理）

四个耳背

有一天，癫老三正在稻场上扬谷，胡子爹牵着一条大牯牛从稻场边经过。癫老三停下大声喊道："喂，别挡住了我扬谷的风！"胡子爹本来耳背，张起耳朵一听，火冒冒地说："什么，我扯了你菜园子里的葱？"癫老三看胡子爹没听清，急得直跳脚。胡子爹看到癫老三那个指手画脚的样子，越发误解了他的意思，扔下牛绳，跑上前去一把揪住癫老三的衣领，"叭"地赏了他一耳光，还一边打一边骂："我叫你再诬陷好人！我叫你再诬陷好人！"癫老三受了委屈，脱下鞋子还了胡子爹两下。胡子爹越发不依了，揪着癫老三到衙门找县太爷评理。

县官升了堂，还没来得及发问，胡子爹就抢了个原告："老爷，他冤枉我扯了他菜园子里的葱！"县官老爷也耳背，听了原告的话，不由得把脸一沉，拍着惊堂木喝道："什么，我的衙门朝南没朝东？胆大的刁民，竟敢口出狂言，给我轰出去！"

县官宣布退堂，来到后院仍然余怒未息，县官太太小心问道："老爷，为何这般烦恼？"县官气冲冲地说："唉！有人说我的衙门朝南没朝东。"县官太太也有点耳背，听了他的话，大惊失色："什么，你说我这娘们一窍不通？哎呀呀，没想到我跟了你半辈子，你还在嫌弃我哟。"县官太太越说越伤心，哭个不停。县官的小姐正在绣楼上逗鹦鹉玩，看到这个情景，连忙跑下楼来，摇着娘的手臂说："你们怎么啦？"县官太太叹了口气说："你老子刚才骂我一窍不通哟！"没想到县官小姐也耳背，听了娘的话，急得直跳脚："什么，你们去年就答应我出嫁的，怎么还要留我过一冬啊！"说着说着，也号啕大哭起来。

（雷元善讲述，杨明礼整理）

陆县令断案

清道光年间，广西灌阳举人陆锡璞曾在松滋任县令。

有一日，西望坪杨孝子到上明城中购物，路上拾得乾隆宝钞二十锭，杨孝子回来交给母亲。母亲大怒："你这与偷盗有什么区别！不是我家的东西占为己有，容易招祸，赶快寻到失主送还！"杨孝子顺从母命回到拾钞的地方等候，果不其然，过了一会儿，有人来寻，杨孝子当即将宝钞二十锭归还。但是失主见杨孝子老实，想讹诈杨孝子，说道："我原是二十五锭！还有五锭去哪了？"双方起了争执，告到县衙。陆县令听了双方的证词，询问了对二人品行操守较了解的街坊，然后判定："失主遗失的宝钞是二十五锭，但拾者捡的是二十锭，仅从数目上就可断定此钞非失主之物，失主再到别处去寻找吧！宝钞没收！"等失主走后，陆县令将二十锭宝钞交给杨孝子，奖励贤母做养老之资。

（王伯昌讲述并整理）

卷三

童话故事

眼眼家家

松滋方言称外婆为家家（读若嘎），称大猩猩为"眼眼家家"，可能是因为大猩猩眼睛大、肤色黑且脸上皱纹多，形似老妇之故。

传说，森林里住着一户人家，家中仅母亲与未成年的两个女儿相依为命。大女儿叫大幺儿，小女儿叫小幺儿。森林里还住着一个"眼眼家家"，这"眼眼家家"时常在盘算如何吃掉两个女儿。

某日，母亲准备出远门，就跟两个女儿讲："我要出一趟门，我去请你们的家家来照顾你们。你们千万别出门，小心'眼眼家家'吃人。"两个女儿答应了。谁知她们的讲话被门外的"眼眼家家"听得一清二楚。"眼眼家家"就在她们的家家来的必经之路上突然袭击，将家家吃掉，然后乔装成家家的样子，趁晚上天黑来敲门。

大幺儿听见了敲门声，高兴地喊道："家家来了。"连忙跑去开门，小幺儿一把拉住她，说："姐姐不慌。"一边问道："外面是谁呀？""眼眼家家"扯起沙哑的嗓子道："快开门，我是家家哟！"小幺儿说："您是家家哟？听您的声音怎么不像咧？""眼眼家家"说："哦，我前两天感冒了，嗓子有点嘶哑！"小幺儿还想盘问，这时大幺儿迫不及待地开了门。只见眼前的"家家"将自己包裹得严严实实，只露出两个眼睛在外面，大幺儿连忙搬椅子请"家家"坐，"眼眼家家"说："我最近痔疮犯了，不能坐椅子，你给我搬个坛子来。"原来"眼眼家家"长有尾巴，坐椅子就会露陷。大幺儿连忙搬来了坛子，谁知"眼眼家家"坐下后，尾巴在坛子里扫来扫去，呼呼作响。小幺儿觉得这个"家家"可疑，于是就端来油灯准备仔细打量一番。"眼眼家家"见小幺儿端着油灯来到面前，担心被认出来，赶忙将灯吹灭，然后说道："我最近眼睛有毛病，见不得光，你们不要点灯了。"小幺儿越来越觉得眼前的"家家"太蹊跷。这时，"眼眼家家"对她们说："时间不早了，我们来睡觉吧！你们俩谁跟我睡一头咧？"大幺儿没有防范之心，连忙说："我要跟家家睡一头。"于是，大幺儿就与"眼眼家家"一头躺下，小幺儿则在另一头躺下。半夜里，小幺儿听见"卟噜卟噜"，像是吃东西的声音，就问道："家家，您在干什么呀？""眼眼家家"说："我在吃东西哟。""您吃的什么东西咧？""我吃的豌豆。""您给我也尝一点吵？""好呃！"于是，"眼眼家家"递了一点给小幺儿，小幺儿仔细摸了一下，发现是人的手指头。小幺儿大吃一惊，赶忙在床上摸姐姐，姐姐不在床上。她马上意识到姐姐已经遇难，"眼眼家家"这时吃的正是她可怜的姐姐。她想到下一个就会轮到她，不能坐以待毙，必须忍住悲痛，赶快想办法除掉这个恶魔！

　　小幺儿眼珠一转，计上心来，忙对"眼眼家家"说道："家家，您吃了豌豆口很渴吧？我来烧水给您泡茶喝。""眼眼家家"正吃完了大幺儿在打饱嗝，听了小幺儿的话，高兴地说："那太好了，我的乖孙孙真懂事！"小幺儿赶紧起来引火烧水，不一会儿，水烧开了。小幺儿又搬来梯子，搭在阁楼上，提着开水壶爬上阁楼，再把梯子悄悄地撤到阁楼上，一切准备就绪，就朝"眼眼家家"喊道："家家，您快起来喝茶哟，我已经把茶给您泡好了。""眼眼家家"起来一看，小幺儿在阁楼上，连忙问："我怎么上来呢？"这时，小幺儿从阁楼上掷下一条绳索，说道："您将这绳子系在脖子上，我拉您起来。""眼眼家家"不知是计，绳子拴在脖子上，喊小幺儿拉。小幺儿赶忙拉绳子，"眼眼家家"被勒得眼珠子翻白。小幺儿将绳子一拉一放，"眼眼家家"跌得汪汪直叫，连忙要小幺儿将它放下来。小幺儿哪里肯松手，干脆提起开水壶朝"眼眼家家"淋去，边淋边喊道：

"刴（方言，读若独，指将人或物先扬起来再狠狠摔下去）死'眼眼家家'喝冷酒！刴死'眼眼家家'喝冷酒！"就这样，"眼眼家家"被小幺儿活活烫死了。

（熊韬讲述并整理）

老虎拜师

相传，有一天，老虎在山上追赶一只猴子，眼看就要抓住，不料，猴子猛然朝树上一跳，三下两下就爬到了树顶。老虎毫无办法，只得垂头丧气地回去了。老虎想：快到口边的食都没抓住，还配当"山中之王"吗？看样子，我还得拜个师傅，学会爬树。

它带了很多礼物，去拜猫为师。猫明白了老虎的来意后，心想：你若有了这本事，山下的一些小伙伴就没命了，连我这师傅，也不见得有安宁之日。但在老虎威逼之下，猫只好答应了。猫开始懒心懒意地教老虎往上爬。在一棵大树下，老虎一爬一溜、一爬一滑，爬了半天，才只爬了一人多高。老虎生气了，怪猫没诚心诚意教，便威胁说："你今天不教我爬上树顶，你也休想活着回家！"猫只得教老虎往上爬。等老虎爬到树顶，得意忘形地东张西望时，猫不声不响地溜走了。当老虎朝下退时，脚刚一动，心一慌，险些摔了下去，便大声呼叫师傅，却不见回音。朝下看，也不见师傅的踪影。它这才知道上了猫的当，只教它上树，没教它下树。

突然一阵狂风吹来，老虎栽了下来，摔晕了。过了很久，老虎才醒了过来，它和虎兄弟们找了好长时间，也没把猫师傅找到。后来，它们定了一条规矩，只要遇到猫，就一屁股坐死。不过，念在师徒的情分上，不许吃猫肉。从此以后，老虎再也不敢爬树了。

（肖来容讲述，黄元超整理）

谁最风流

相传知了、夜蚊子和苍蝇在一起吹牛皮，看谁最风流。

知了说："我今生来最风流，炎天暑热在枝头，西皮二黄随我唱，谁不夸我好歌喉。"夜蚊子不服气道："哼！你最风流，如果遇到顽童用竹竿丝网子把你一网，我看你就命归西天。"苍蝇接着说："我生得机灵眼儿尖，品尝珍味我当先，有朝跃入御杯内，圣驾龙袖玉手牵。"知了把眼睛一瞪，说道："哼！如果皇帝把你用手一捏呢？"这时，夜蚊子出来说："我今生来最风流，三宫六院任我游，一翅闪进红罗帐，我同正宫娘娘睡一头。"知了和苍蝇不服气，马上说道："和娘娘睡一头，当然算风流啊！如果娘娘把帐子门一关，用玉扇把你一拍，只怕你死无葬身之地吧！"争论结果，谁也不敢逞风流，只得不欢而散。

（王全福讲述，江平整理）

动物喝水

我们常常看到牛喝水时，总是贪婪地喝它几大口；然而猫和狗喝水时，只用舌头舔；羊喝水时跪着前腿；鸡喝水时，喝一口总要抬一下头。这是为什么呢？说来还有一段有趣的故事。

传说很久以前，牛、羊、狗、猫、鸡是最要好的朋友，天天在一块儿玩。牛为老大，对小弟们照顾周到，玩渴了，便带它们去找水喝。一天，牛提议共同在山下打一口井，以便随时饮用。牛一说，羊、狗、猫、鸡都同意了。开始，大伙儿都干得起劲。干了一会儿，猫看见一只花蝴蝶，把工具一丢，捉蝴蝶去了。又过了一会儿，狗听见后山一声"呵——呵——"，把工具一丢，也跑了。鸡见几只虫子飞过，把工具一丢，啄虫子去了。羊想："你们都跑了，我就该搞呀！"它也不作声，把工具一丢，悄悄到一边找青草吃去了。工地上只剩下牛了，它望望跑开的小弟们，眨了眨眼睛，毫不计较，独自埋头挖呀，挖呀！终于把井挖成了。

跑开的小弟们玩足了，才想起挖井的事儿，都跑回来了。它们见到牛大哥满头大汗，浑身是泥，又见满满一井清水，都愣住了。还是牛把手一招，说："小兄弟们，别客气，喝吧！"它们哪好意思喝呢！狗和猫自觉心中有愧，就只用舌头舔了舔，不敢大喝。羊觉得对不起牛大哥，便跪在井边喝水。鸡胆小心虚，生怕天雷打它，每喝一口水，总要抬头望一下天空。只有牛喝起来自在自得，因为井是自己挖的，劳动所得，心中无愧。

（李元珍讲述，宁远俊整理）

狗儿鸟

土家山区，每到初夏，就可听见"狗儿、狗儿！"的鸟叫声，土人叫它狗儿鸟，因是种芝麻的季节，又叫它芝麻雀子。

也不知何年何月，据传有一个做继母的有了自己的孩子，取名狗儿，时时都想将前娘所生的孩子排斥出去，免得长大了分狗儿的家产。一天，继母拿来两份芝麻种，将一份炒熟了的给前娘的孩子，吩咐道："你兄弟俩同时到西山去种，谁的芝麻生了，谁就回来，谁的芝麻不生，谁就不准回来。"小兄弟俩感情要好，边走边吃芝麻，弟弟发现哥哥的芝麻香，提出要换，哥哥就依了弟弟，将种换了。走到目的地，兄弟俩都将吃剩的芝麻种在地里。几天后，哥哥的芝麻发了芽，就安慰弟弟说："你先待会儿，我回去向母亲报告了就来陪你。"哥哥回家向母亲报告了芝麻发芽和互换种子的经过。继母一听，哑巴吃黄连——有苦说不出，急忙向西山奔去，却不见了狗儿。急得到处喊呀，找呀，一日，两日，三日，五日……找遍了整个山岭沟凹，就是不见狗儿的踪影，她感到头昏脑涨，一失足，摔下了深谷。后来，她的灵魂附在一只鸟儿身上，四处飞翔，声声叫唤她的狗儿。

此鸟一直叫到七孔流血，声嘶力竭，叫声方止。

（宁远俊讲述并整理）

当土地

在一座土地庙旁，长着一棵岩桑树，是一条再好不过的扁担坯子。大家怕土地公公，都只是用手摸摸，不敢去锯它。

一天，这棵岩桑树被一个不信邪的人锯去了。土地公公知道后，火冒三丈："搞到我的头上来了，这还了得。"连忙派了两个小鬼去找那农民。两个小鬼来到农民家中，正遇那农民下河捉乌龟去了，只有一个小孩在家。小鬼问小孩："你爹到哪儿去了？"小孩说："我爹出门捉龟（鬼）去了。""捉鬼干吗？""我爹说多捉几个龟（鬼）回来好杀了吃！"两个小鬼一听，双手抱头就跑："我的妈呀！幸亏他不在家，要不，我俩性命都完了！"回来后，两个小鬼如实禀告了土地公公。土地公公气得一拍桌子："你们真是胆小鬼，待我亲自去找他！"土地公公来到那农民门口，恰遇有人在屋里向他讨账，只听里面大声说："放心吧，欠你的账，我就是卖家神、当土地也要还清！"土地公公一听，舌头一伸："我的天啊！幸亏我没进去，要不，连我都得被他当了还账！"

（魏永生讲述，宁远俊整理）

荞麦与小麦打官司

相传，荞麦和小麦是亲兄弟，形状也相同，都是椭圆形的，小麦身上也没有一条槽，都是春播秋收的作物。由于播种季节相同，一到春天，荞麦和小麦都争着要播种。小麦性格强势，自己一年播种两季，却只许荞麦播种一季。有一次，又到了春播季节，小麦不许荞麦播种，硬要它等到秋季再播。荞麦不肯，说春播是祖先定下来的规矩，不能改变。它们越争越激烈，小麦脾气大，举手打了荞麦三个耳光，把荞麦打变了形，由椭圆形变成了三角形。荞麦受够了欺负，这次要与小麦拼命，它用力一抓，将小麦的身上抓出一条深深的槽。

荞麦和小麦打架之后，一同到谷神后稷那里去告状，请后稷给它们评理。后稷听了它们的诉说后，一拍惊堂木，说道："小麦无理逞强，使荞麦改变形状，罚小麦冬播夏收，在野外过年，身上被荞麦抓出一条槽，也属自作自受。荞麦没有过错，仍然春播夏收，也可以秋播秋收，一年两季在家里过年。"

从此以后，小麦再也不敢欺负荞麦了。

（吕峰讲述并整理）

卷四

机智人物故事

邪八抬的故事

° ° °

进士进土

以前，在卸甲坪乡黄林桥，有个叫梁登阶的农民，为人心直口快，聪敏过人。既诙谐幽默，又能随机应变，非常逗乡邻喜爱。他经常戏弄那些为富不仁的财主、无端作恶的地痞、眼高于顶的书生，替贫苦百姓出气。当地群众送他一个外号"邪八抬"。这里流传着许多关于他的故事。

传说旧时的覃睦庄上，有父子两代都考中进士，因而他们渐渐高傲，瞧不起穷哥们。长此以往贫苦百姓们都有了一肚子气。这年大年三十，进士家自书了一副对联贴于大门两侧：

父进士、子进士，父子双进士；

婆夫人、媳夫人，婆媳两夫人。

穷哥们见后都蛮生气，便找专为穷哥们说话的"邪八

"抬"商议如何捉弄一下，以平心气。邪八抬想了想说："别忙，待我来想法儿戏弄他父子一番，包你们舒气。"

大年初一，四方富户绅士都来给进士拜贺新春，抬头望见大门口贴着的春联，一个个都惊呆了。原来，年三十晚上，邪八抬拿了笔墨，来到进士门前，将对联添了几笔，让对联变成了：

　　父进土、子进土，父子双进土；

　　婆失夫、媳失夫，婆媳两失夫。

（张木匠讲述，宁远俊整理）

菩萨打架

据说邪八抬小时候，他奶奶信神，家中神龛上供着两尊木雕菩萨，天天烧香磕头，祈求菩萨保佑。

这天，奶奶出门走亲戚，临行嘱咐邪八抬："你千万不要动那菩萨呀，动了的话，菩萨就要找你的麻烦，那就不得了啊！"邪八抬说："奶奶，我晓得了。"待奶奶出门后，邪八抬将木雕菩萨的手足耳鼻全掰断了，仍供在神龛上。

奶奶回家了，首先不会忘的是给菩萨烧香。一见这番情景，知是小八抬所为，于是叫来八抬："你这个不肖子孙！

是你把菩萨打烂的吧？小心菩萨怪罪下来就不得了啊！"
邪八抬乐呵呵地说："奶奶错怪我了，我哪能打菩萨呢？是你出门后，那俩菩萨互相打架，打成这个样子的，怎能怪我呢？"奶奶说："这我就不信哒，菩萨是木雕的，他怎么会打架呢？"

邪八抬笑呵呵地说："奶奶，那木雕的菩萨架都不会打，他又怎么能保佑你呢？他又怎么会怪罪呢？"

奶奶被小八抬问得无言以对。

（梁邦坤讲述，宁远俊整理）

有吃的日子在后头

邪八抬小时候给地主覃某放牛，地主天天肥肉美酒，放牛娃却吃的残羹剩饭，很多时候连残羹剩饭都没有。主人吃饭时，放牛娃嘴馋，连悄悄瞥一眼都会受到主人斥责："看什么？娃儿们有吃的日子在后头！"

从那天起，地主家的小牛犊一天比一天瘦了。地主以为邪八抬贪玩，把牛拴住了未放，便悄悄跟到山上去看个究竟。原来邪八抬将大牛放着，给小牛戴上了嘴笼，小牛吃不上草，自然就瘦了。

地主大骂邪八抬："你疯了，谁叫你把小牛的嘴罩住的呀！"邪八抬却笑嘻嘻地说："老板，你别烦，它们这么年轻，有吃的日子在后头哟！"地主一听，心有所悟，长长叹了一口恶气，怏怏地走了。

（覃孔春讲述，宁远俊整理）

赌彩拿工钱

有一年，邪八抬还年少，因为家贫不得不去给地主王某放牛，王某答应放一年牛给他五吊钱作为工钱。眼见到了农历腊月二十四，老板还不提工钱的事情。于是，邪八抬大着胆子向老板要工钱。老板说："邪八抬，工钱我一定会给，今日你要当众说两句话，第一句要让我笑，第二句要让我怒，但两句又要说得对称，不然，我今日就不给你结工钱。"老板说罢进里屋拿了五吊钱往桌上一放，说："开始！"

顿时屋内鸦雀无声，伙计们都为邪八抬捏了一把汗。谁知邪八抬却不慌不忙，见老板的一只母狗站在桌边，便伸手抱住母狗叫起来："我的妈呀！"老板仰天大笑："怎么呀？你不是很聪明的吗，怎么急得把母狗叫起妈来了呀？

哈哈……"正当老板大笑之时，邪八抬却不慌不忙，一把抱住老板，高叫一声："我的爹呀！"老板大怒，伸手要打八抬，可邪八抬却机灵地抓起桌上那五吊钱，从人缝里钻走了。

（杨龙平讲述，宁远俊整理）

从里头吃出来的

有一年，邪八抬和伙计们帮地主覃某维修住房。覃某吝啬，给伙计们做的饭菜餐餐都是水煮盐拌的萝卜、白菜，而覃某自己却躲在里屋喝酒吃肉，还说伙计们搞事不肯下力。邪八抬一直在找机会戏弄覃地主。

这天，主人酒醉饭饱，剔着牙从里屋出来。邪八抬故意用烟袋敲了敲主人堂屋的中柱，认真地侧耳细听，然后若有其事地对主人说："老板，你这根柱头长了白蚂蚁呢！"主人听后说："天话呢！我这柱子是黄金檀的，哪会招白蚂蚁呢？"

邪八抬一本正经地说："老板，你不晓得，白蚂蚁那狗日的坏得很哪，我见得多了，它都是从里头吃出来的呀！"

主人一听，知道是讲他，一时面红耳赤，但又不好发作，只得扭头进了里屋。伙计们暗自冷笑，齐向邪八抬伸出大拇指。

（李庆安讲述，宁远俊整理）

把老子的腿一拉

原来靠界碑下方，有一个姓徐的保长，巴结上司，鱼肉百姓，其妻亦仗势欺人，老百姓都讨厌他俩。

不久，徐保长暴病身亡，其妻设灵摆祭。这天，邪八抬有意从此路过，故意盯住灵堂目不转睛，保长妻觉得奇怪，便问："邪八抬，你看这灵堂的布置有什么不对吗？"邪八抬说："我是看那灵牌子写得不妥，应该是'显考'（对已故父亲的美称。松滋风俗凡有子女的男性逝者，灵位书写必须以'显考'开头，以示尊敬），怎么写'显老'呢，这叫徐保长九泉之下又怎么安心呢？"

保长妻不识字，忙问邪八抬："那有什么解吗？"邪八抬一本正经地说："有解，只是要一点时间。"保长妻一听，心中欢喜，忙请邪八抬帮忙，自己去厨房给邪八抬做饭。

邪八抬酒醉饭饱后，吩咐保长妻搬来一张木梯放于灵堂，邪八抬爬上梯子，叫保长妻来拉他的腿。保长妻不解地问："你这是要干啥？"邪八抬认真地说："你在下面把'老'子（字）的腿一拉，不就成了'考'字吗？"

保长妻正感到茫然，邪八抬却溜下梯子，跑出了门。

（周章莲讲述，宁远俊整理）

光　坐

有一次，邪八抬"挑脚"（方言，当挑夫）到一户人家，主人见邪八抬说话幽默好玩，便只顾听邪八抬侃经（方言，即讲故事），却忘记安排饭食。

邪八抬肚子饿了，见老板硬不提起做饭的话，便灵机一动，侃道：

从前有张、李二员外，结为儿女亲家，张员外得了第一个孙子后，李员外去送粥米，张员外家此时富裕殷实，办的宴席碗碗都是肉。饭后，张员外求李员外给孙子起个乳名，李员外说："好，你这办的宴席碗碗是肉，我这外孙就叫'光肉'吧。"

两年后，张员外得了第二个孙子，李员外照例去送粥米，这时张员外家境不遂，招待不起肉了，只有一席小菜。饭后，张员外又请李员外给孙子取名，李员外想了想说："我二外孙就叫'光菜'吧。"

再隔两年，张员外又添了第三个孙子，但已经穷得揭不开锅了。李员外照例又去送粥米，张员外只好陪着坐，无可招待。张员外还是求李员外给孙子起名，李员外说："行，为了纪念，我这小外孙就叫'光坐'吧。"

时隔不久，张员外的三个孙子同时得病，忙请郎中瞧病，郎中告诉张员外："你的三个孙子病有轻重，光肉很好，光菜也问题不大，只有光坐不行，你得赶快想办法呀！"

主人一听，顿时醒悟，连忙对邪八抬说："哎呀，忘记问你吃饭了吗？"邪八抬说："你这一问，我的肚子还真饿了呢！"主人赶快吩咐家人，安排饭食。

（孙继贵讲述，宁远俊整理）

井中鱼

有一年，邪八抬给庄主覃某送租课，按规矩，庄主要大鱼大肉犒劳一下庄户。可覃某吝啬，不但不肯买肉打酒，连煎的一碗小鲇鱼也只是头尾上桌，中间肉多的部分留着自己吃。

吃饭时，邪八抬看出名堂，便问主人："老板，你这鱼是从哪个水井打捞上来的呀？"覃某不知话中有话，只道："哼！你说得稀奇，井中哪有鱼打？这鲇鱼是大河里打来的。"

邪八抬不慌不忙，指着鱼头和鱼尾说："这就怪了！老板你看，大河长的鱼怎么这么短呢？"

覃某脸红了，空张着嘴，一句话也说不出。

（覃茂堂讲述，宁远俊整理）

猪笑我

有一年，邪八抬随伙计们一路到湖南给绰号叫阎老五的小财主修房子，这阎老五吝啬得很，自己天天肥肉美酒，给工匠们的餐饭却是水煮山药，丁点儿荤腥也没有。伙计们都要邪八抬想办法出一口气。

一天，吃完午餐，邪八抬走进小财主的猪圈，将圈内的猪打得嗷嗷直叫。小财主闻声赶到猪圈，见邪八抬在打猪，便说："师傅，你疯了吗？为什么捉着我的猪打呀？"邪八抬说："老板你不晓得，刚才我进来解手，猪它笑我！"小财主说："天话呢，猪怎么会笑人呢？"邪八抬说："真话咧！它笑我过得不如它，它天天吃了睡，睡了吃，餐餐吃

卷四　机智人物故事

177

肉长肉，它笑我成天忙上忙下，还是吃山药果子，比它差远了。我说，你这畜生多话，小心老板听见打死你。它说，老板喜欢我咧，他生怕别人沾了我一丁点油水！我这才打它咧。"

小财主一听，无言以对，只好悻悻地走了。伙计们围住邪八抬，赞他办法高明。

（周童萍讲述，宁远俊整理）

哭郎中

邪八抬与住在浍水河边的郎中先生要好。一天，郎中先生问邪八抬："你会侃经，出口刮（方言，欺骗或戏弄的意思）人，但没得刮郎中的经吧？"邪八抬说："郎中极受人尊敬的，侃经侃错了也不会刮到郎中头上来哟。"

数日后的傍晚，邪八抬气喘吁吁地从郎中门前过。郎中一见好奇，便问："邪八抬呀，你今日什么事这么急呀？"邪八抬应道："我今日从湖南石门回来，途中遇到一桩巧事，把我硬给看耽误了。这不，天快黑了，我还要赶回家呢！"说罢抬脚就走。郎中好奇心强，伸手拦住他，硬要邪八抬将巧事讲来听听。邪八抬这才停住脚步，一本正经地说："湖南那边，一财主在途中得急病死了，他的三个老婆闻信赶来。大老婆跑得快，抢先一步抱住丈夫的头痛哭起来。二老婆随后赶到，一把抱住丈夫的脚哭起来。小老婆娇滴滴地跑不动，等她赶到一看，丈夫的头和脚都被抱住了，她只好抱住丈夫的屁股哭道："大姐在哭郎头呃，二姐在哭郎尾咧。只怪我迟来了一步哟，我就只有哭郎中啊……"

郎中一听，知道邪八抬是在刮他，无奈地笑了。

（孙继贵讲述，宁远俊整理）

衙门里最凉快

一个三伏天，在县衙混差的覃某，正在路边大樟树下歇荫，见邪八抬来，便招呼同坐聊天。

覃某摇摇鹅毛扇，问邪八抬："这天怪热，坐卧不宁，你跑的地方多，你说哪里最凉快？"邪八抬不假思索应道："那只有你们衙门里最凉快。"覃某问："为什么？"邪八抬说："因为衙门里见不到青天，没青天就没有阳光，当然就凉快啰。"

覃某一时被噎住，只好目送邪八抬大步远去。

（覃孔印讲述，宁远俊整理）

比急性子还急

过去黄林桥头有一家小吃店。因这里南北交界，地形人员都很复杂，有一批不肖子弟经常来店里要吃要喝，不但不给钱，还无理取闹。店主人和堂倌受了不少窝囊气，便请邪八抬帮忙"回敬回敬"，出一下怨气。

邪八抬和店主人商量了一阵，当上了小店堂倌。这天，两位阔公子又上门了，邪八抬热情恭迎，这两位阔公子刚落座就大叫："来两碗肉丝面啦！"厨师将面才下汤锅，两公子却霍地站起骂道："你不知道老子是急性子，张口要闭口就要到的呀？要是急慢了老子，小心老子踹了你这店！"说罢，扬长而去。

邪八抬看在眼里，气在心里，暗暗做好了下次迎战的准备。

翌日一大早，这两位阔公子又来了，前脚刚跨过门槛，就拉长声："来两碗肉丝面啦！"邪八抬忙应道："来了！"随着应答声，两碗热气腾腾的肉丝面就放在了两位公子面前。

待两位公子张开大口，正准备将面条往嘴里送时，邪八抬却忽地将两碗面条又端进去了。两位公子莫名其妙，瞪着桐子壳似的双眼:"你这是干什么?"邪八抬笑呵呵地上前回答道:"二位别误会,我知道二位是个急性子,张口要闭口就要到的,请恕我这人比急性子更急,我是一端出来就要收碗的。"两公子这才拭目细看,今儿是邪八抬当堂倌,只好一言不发出了店门。

(覃孔印讲述,宁远俊整理)

刮"驴子"保长

民国时期浇水河边有一个保长,他身材魁梧,脸长,皮肤黑,加上做事绝情,人们背地里都叫他"驴子"保长。

"驴子"保长与邪八抬是老乡,儿时的玩伴,也玩得相当投机。一天,"驴子"保长到乡公所开会归来,与邪八抬途中相逢。"驴子"保长硬要邪八抬说个四言八句笑笑。邪八抬说:"儿时我俩是无话不说,现在你成了官,我还是黎民百姓一个,我恐讲得有错,反而引火烧身哩!""驴子"保长说:"是我要你讲的,不论你讲什么都可,只要好笑就行了,谁会责怪你呢!"

邪八抬见"驴子"保长刚从乡公所回来,身穿狐皮褂子,头戴礼帽,手拿文明棍儿,便照样画像,随口说道:

"身穿狐狗装，手执弯鸟枪。头顶水牮（母牛）皮，说话驴子嚷！"

"驴子"保长听着听着，脸上青一阵白一阵，但他有言在先，又不好发作，只好摇摇头走了。

（覃仕昌讲述，宁远俊整理）

尝炒面

邪八抬挑脚上五峰，盘缠用光了。一天没吃东西，这会儿见一妇女在推磨，磨盘中散发出炒麦面的香味儿馋得邪八抬直流饿涎，他凑上前开口道："这位大姐，你推的什么呀？这么香。"妇女说："推的炒面哟。"邪八抬问："什么炒面啊，它能不能吃呢？"妇女说："能吃，是当饭吃的嘛。"邪八抬又问："它是拓粑粑吃还是打面坨儿吃呢？"妇女笑道："你这人真外行，怎么连炒面都没见过，还拓来吃烙来吃的，它只要用开水一调就可以吃了！"

邪八抬乐呵呵地说："大嫂，我想学个乖行吗？"妇女说声"行"，便给邪八抬拿来一副碗筷，说道："你自己舀面，开水在那火塘上的炊壶里。"

妇女只顾推磨，邪八抬在一边调起炒面来。他边调边往嘴里送，一会儿说："哎哟，调干了！"妇女说："干了你就加水唦。"一会儿又说："哎哟，又调稀了！"妇女说："稀了就加面唦。"就这样干加水、稀加面，没过多久他就已经吃得饱饱的了，说道："多谢大姐，你让我学了一个乖，我下次从这里经过就来谢师啊！"说罢出门走了。

（郑宜清讲述，宁远俊整理）

要回去车水

一次，邪八抬到朋友家去玩，见朋友不太热情，喝了杯茶就要走。朋友说句随口话："我搞酒喝了再走唦？"邪八抬说："不了，我要回去车水。"朋友问："到哪儿车水？"邪八抬说："我有两丘水田，也怪我，上丘满是水，下丘干裂了口，我想将上丘的水车到下丘来，不然，秧苗会旱死。"

朋友笑邪八抬说："我说你是聪明一世，糊涂一时，上丘的水放到下丘还用人去车？口子一开不就会流吗？"邪八抬说："我放过了呀，可它应要流（留）却不流（留）呀！"

朋友语塞。

（戴先慈讲述，宁远俊整理）

武　相

对河澧县境内，有一位名叫毛武相的人，是个"汉流把子"。仗着他哥是汉流大哥之势，狐假虎威，欺压百姓，大家都很痛恨他。邪八抬早想戏弄他一番，为大家出气。

这日，邪八抬从毛武相门前走过，故意逗得毛武相的两只看家犬汪汪乱叫。

毛武相正在家中，听犬叫得凶，且不见有人，便开门出来，一见是邪八抬，便放缓语气说："哟，我说谁来了呢？原来是邪八抬呀，来，快进屋坐坐。"

邪八抬说："我是想到里屋去一下，可你这对狗好凶，硬是拦着不让过呀。"

武相说："不要紧，我这狗只叫得凶，不咬人的。"邪八抬认真地说："嗯，不咬人的！但你看它俩竖着毛，龇牙咧嘴，活脱一个武相啊！"

邪八抬走了好一阵子，毛武相才醒悟过来："这个倒霉的邪八抬，他今儿存心刮我，把我比成狗子了！"

（覃争兴讲述，宁远俊整理）

明年吃什么

有一回，邪八抬给地主王月功挑泥粪，按农村规矩，挑泥粪是顶费体力的劳动，应安排好餐食让伙计心里舒坦、手上有劲。

可王月功给长工们吃的却是黄荆树叶子拌菜饭，菜也是白水萝卜酸菜。邪八抬也不作声，只商量伙计们如此这般地挑粪。

下午，王月功到田里一看，可恼火了，挑了半天的泥粪，田中一担也不见，全堆在了那些黄荆树蔸上。王月功大发脾气，斥问邪八抬和伙计们为什么要这么做。邪八抬笑呵呵地说："老板，我们是在为你着想呀，你今年不把黄荆树肥好，我们明年帮你做事时吃什么呢？"

王月功一听，气得嘴巴抽搐，说不出话来。

（覃孔云讲述，宁远俊整理）

上来下去

一天，邪八抬从路上过，路边堰塘里有一群人在挑塘泥，一见邪八抬来了，都说："邪八抬，都说你蛮聪明，要是你能把我们都刮到堰堤上去了，我们就服你！"

邪八抬不经意地说："你这大活人，我怎能把你们刮得上来呢？不过要是你们上来了，我可以有办法把你们刮下去。"

众人一听，呼地都跑到了堰堤上站着，对邪八抬说："好，我们上来了，看你如何把我们刮下去！"邪八抬笑嘻嘻地说："你们先是叫我把你们刮上来的哟，你们这不是都上来了吗！"

众人一听，"哦"的一声，方知是上了邪八抬的当。

（覃茂堂讲述，宁远俊整理）

挪　界

一个腊月天，邪八抬到保长家去收工钱，保长在火塘里烧着米粑粑，见邪八抬进来，便连忙用草木灰盖上，其实邪八抬早已看到了。

坐下后，保长问邪八抬："你今儿来有事吗？"邪八抬说："我一来是还有几个零工钱想结回去给家中添点油盐，二来是一些纠纷想请您断个公道。您看，我和我隔壁小叔都是祖上遗的田产，并有分家合同为证，今儿小叔同我争起界来。"说着，就拿起火钳比画起来："您看这地界明明起自这岩巴，他偏说起自那包上，我说这里起自田坎，他说这里起自坟山，明明起这，他说起那。"故意用火钳在灰里东戳西插，保长急了，连忙拦住他的手："我的先人吔，戳不得了，粑粑都戳稀烂了！"邪八抬故作惊讶地说："啊，您烧着粑粑呀？那怎么不早说呢？"

（罗厚软讲述，宁远俊整理）

长竹子

泗潭河边有一个姓王的老头喜欢吹牛，人们送他外号"王克蚂"（方言，克蚂即青蛙）。

一天，王克蚂对人吹牛说："我这次去了五峰，看见好大一个腰盆。"别人问："这腰盆有多大呢？"王克蚂说："你不晓得，45个娃儿同时到盆里洗澡，水不荡出来呀。"

这时，恰好邪八抬从这里经过，听了王克蚂正侃大腰盆的经，便驻足插言道："你这算什么稀奇？我看见一个背竹子的人，那竹子才叫长呢！"众人问："那竹子有多长呢？"邪八抬说："那竹子究竟有多长没量过，只晓得他是初一背过身的，到月十五这竹子巅儿还在门口掸呢！"王克蚂一听："你说白话，世上哪来这么长的竹子呢？"邪八抬不慌不忙地说："我是在为你着想啊，如果没有这么长的竹子，怎么给你那腰盆打箍呢？"

王克蚂一听，尴尬不已。

（王贤坤讲述，宁远俊整理）

吹牛的人不要脸

有一回，邪八抬赶骡子路经泗潭河，只听王克蚂又在吹牛，便稳住牲口，挤进去听听。

只听王克蚂说："这次我出门看见好大一个人，那才叫大呀！"众人问："究竟有好大呀？"王克蚂一本正经地说："你们不晓得呃，我只见他头顶天、脚踏地，手伸到30里路外来捞东西吃！"年轻人直呼稀奇。

邪八抬却插话说："你们别听他的，他见到的没我见到的大，我见到一个大人那才叫大，你们不晓得啊！我只见他说话时上嘴唇顶天，下嘴唇拄地。"听众插言道："那个上下嘴唇就占满了天地，他脸到哪儿呀？"邪八抬说："吹牛的人就凭一张嘴巴，哪顾什么脸呢！"

从此，王克蚂再也不在邪八抬面前吹牛了。

（刘远康讲述，宁远俊整理）

大眼睛

有一回，邪八抬给一个诨名叫"火辣椒"的女人捡屋，这女人很吝啬，中午做饭时，她煎了一条大鱼和一些小鱼。可她把鱼煎好后，却将一条大鱼另盛在一只碗里藏在碗柜里，不小心将大鱼的眼珠盛在了小鱼碗中，这些都被正在捡屋的邪八抬看得一清二楚。

吃中饭时，桌上放的只是一碗小鱼，邪八抬用筷子翻了几下，发现了掉在小鱼碗里的大鱼眼珠子，便问老板娘："这鱼好，你这鱼是哪里来的呀？告诉我了，好弄几条来做种呀。"

老板娘不知他话中有话，便说："这千年花子（方言，指餐鱼）又长不大，养了有什么用呀！"

邪八抬用筷子撩起盘中大鱼眼珠子说："老板娘，你别看这鱼儿小，可我就是喜欢它这一双大眼睛咧！"

老板娘的脸"唰"地一下红了。

（李家文讲述，宁远俊整理）

一字千斤（金）

有一个冬天，邪八抬从覃睦庄过河，河上无桥，邪八抬脱下鞋袜涉水过河，刚到对岸，就有人请他背人过河，邪八抬回头一看，是当地老秀才覃某。邪八抬心想，你是一双脚，我也是一双脚，我冻得，你就冻不得呀？转念一想，好家伙，待我来耍你一下，到时我俩都挨挨冻。

邪八抬答应了，便来背秀才过河，刚背到河心，邪八抬叫声："哎呀！我的娘，背不起了！"手一松，秀才落到了河里，衣服鞋袜被水浸湿，冻得直打哆嗦。秀才正想发火，邪八抬笑呵呵地连忙赔不是，说："秀才，对不起，我本有几斤力的，只怪你的重量超过了平常人，实在不能怪我呀。"秀才气愤地说："我能有多重呀！"邪八抬笑嘻嘻地说："我看你一千斤不会少吧？"秀才道："说些天话！"邪八抬说：

"你是读书识字的人，自古道'一字重千金（斤）'，你是秀才，总认得几个字吧？这千斤重，你说叫我怎么背得起？能不落下水吗？"

秀才恍然大悟，原是邪八抬故意捉弄他，只好拖着湿衣湿鞋过了河。

（覃孔良讲述，宁远俊整理）

拜年劝戒鸦片

邪八抬的叔父及堂兄弟都染上了抽鸦片的恶习，卖掉了一些祖传田产。叔母哭哭啼啼地请邪八抬帮忙劝劝叔父，邪八抬答应了叔母的请求，说试试看。

翌年大年初一，邪八抬写了几句顺口溜，用红纸里三层外三层包得整齐结实，便揣上去给叔父拜年。一到叔父家，邪八抬就将红包悄悄塞进叔父手里，说这是小侄一番心意。叔父想，还是侄儿知道叔父心思，这不，一大早就给送钱来了。待邪八抬走后，叔父进房中高高兴兴地打开红包一看，哪是什么钱呢？只见一纸条上写着：

拜上叔大人，没称四两糖。

送礼拜新春，恕侄嘴巴长。

同灯又同床，父子一条枪。

几把抽光哒，免得完钱粮。

到时多自在，拖棍走四方。

吃起百家饭，桥洞当新房！

叔父看完，马上领悟，折了烟枪，再也不抽鸦片了。"邪八抬红包治浪子"，从此成了黄林桥一带的佳话。

（覃孔炳讲述，宁远俊整理）

赞吉利

有一年，黄林桥的覃某在堰塘放鱼苗。刚好这时，邪八抬从这里经过，覃某说："今日机会好，我放鱼苗。邪八抬，你口才好，帮我赞一个吉利吧！"邪八抬说："好，我帮你赞，请问挑鱼客贵姓？"答："我姓张。"邪八抬赞道："张家的儿郎，将鱼苗挑到覃家的堰塘，金盆打水，银盆打浪，抛到堰里，肯吃肯长，一年长它一扁担——"主人连忙道："谢谢你金言！"邪八抬不慌不忙抬起右手，伸出拇指和食指比画道："钉儿长！"弄得覃某哭笑不得。

（覃孔印讲述，宁远俊整理）

对联刮"少爷"

有一次，一名叫德安的地主少爷，骑马从路边经过，见邪八抬在耕田，使的是一头黄牸（母黄牛），便起了心将邪八抬捉弄一番。于是收住马缰说："邪八抬，听说你口才好，我俩对一个对子吧！"邪八抬一看是地主少爷德安，便胸有成竹了，边耕地边回答："好呢，你出上联，我对下联哩！"地主少爷想刮邪八抬，出对道：

老农夫使黄牸，男勤女奋；

邪八抬知道德安骑的是一匹骒马（母马），便随口对道：

少公子骑骒马，夫唱妇随。

地主少爷一听，灰溜溜地走了。

（周章莲讲述，宁远俊整理）

苕在底下

松滋方言称红薯为"苕"，形容某人很蠢、很愚昧也称为"苕"，形容山里人没见过世面则为"山巴佬"。

有一年，邪八抬到湖区去做活，湖区人都把他叫作"山巴佬"。邪八抬记在心中，欲想法回敬湖区人。

一天，邪八抬同湖区人侃经说："有一年我到湖区玩，朋友送我几粒种子，说是苕种。我好奇，回去便精心种下，发芽了，我给它施肥、浇水、搭架、除草，眼见到了农历八月十五，要挖田种下一季了，还是不见它开花结果，我一气之下，拆了架子，拔了苕藤。一挖锄下去，我的天哪，那大的、小的、歪的、扁的，苕尽在底下呀，高头一个都没得咧！"

湖区人一听，再也不敢叫他"山巴佬"了。

（雷志国讲述，宁远俊整理）

扒道士

一天，邪八抬急匆匆地从谭道士门前走过，谭道士一见便问："八抬呀，你这匆匆忙忙有什么急事呢？"邪八抬说："我着急去给人家解交（方言，劝人停止争吵或打斗）呀！"谭道士问："一个多大的纠纷呢？这么着急？"邪八抬一本正经地说："是这样的，九龙山上的张道士，出门做了七日七夜斋，辛苦极了。回家便对妻子说：'我要睡了，别人来找我，你就说我没在屋里。'妻子说：'那恐怕人家到屋里寻呢，不如你干脆到外边树下苞壳叶上睡，我再给你盖上一些苞壳叶，这样人家就寻不到你了。'道士就到苞壳叶里睡好。果不其然，一个牵骡子的来找道士，一问妻子，说没回来，来人不信，在屋里看了一遍，果真不见道士，便说：'我将骡子系在树上，就在这儿等。'一会儿，又一牵马的来找道士，将马系在树的另一边，也在这儿等。谁知骡马喜欢吃苞壳叶，不一会儿，盖在道士身上的苞壳叶被吃光了，道士现了出来，骡马见到人，便长声嘶叫，前蹄不住乱踢，两个牵骡马的跑去一看，原来是道士，都去抢道士。一个说'道士是我骡子扒出来的'，一个说'道士是我的马扒出来的'。两人互不相让，那道士也不知去哪一边好，你说我不快些去解交行吗？"

谭道士一听，知道邪八抬是在刮他，又没办法，只好低头自认倒霉。

（万开军讲述，宁远俊整理）

张带刀的故事

。。
。

又罚又打

松滋人称理发的师傅为"带刀"。

以前，新江口有个张带刀，为人机敏，又爱替人打抱不平。

有一天，猪贩子陈老四的三头小猪被钱万刁骗去了。第二天，陈老四正准备将那三头小猪从钱家悄悄抱回来，哪知被钱万刁发觉了，把陈老四抓来吊在门口桑树上。正准备打，张带刀看见了，说："钱老爷，对付这区区小贼，还要劳您大驾吗？不能来一个又罚又打吗？"钱万刁问："怎么罚法？又怎么打法？"

张带刀说："他偷了您的小猪，您不能罚他给您偷一头大牛来吗？要是别人没有看见，牛，该您得；要是别人看见了，打，归他挨。嘿嘿，老爷，这不正是一罚二打吗？"

钱万刁嘻嘻一笑，说："张带刀呀，张带刀，你也乖过了头，这不是明明白白叫我放甲鱼喝水吗？我还睁着眼睛上你的当？"张带刀说："老爷，您不放心的话，我们试一回，他若跑了，您罚我打我是一样！"钱万刁说："你和我一起去，他若把牛牵跑了，你就喊赶强盗，惊动主人。"

晚上，钱万刁和张带刀躲在一旁，见猪贩子陈老四真的偷了一头大水牛。钱万刁生怕陈老四把牛牵跑了，连忙接过牛绳，牵起就走，张带刀和陈老四在后面赶牛。在一个转弯处，张带刀和陈老四悄悄喊来了牛的主人，揪住钱万刁就打。张带刀从另一边跑出来，拍了拍剃头箱子，假装好人道："这是钱老爷，快住手！"丢牛的主人听说是钱万刁，越打越起劲。

（李士元讲述，覃章俊整理）

摸　头

钱万刁有不少禁忌，就说剃头吧，不能说剃头，"我这头是富贵头，怎么能'踢'呢？"有一天，张带刀问："老爷，不说'剃头'说什么呢？"钱万刁说："说'刨头'不是很好吗？"张带刀记住了。

到了腊月头，张带刀去给钱万刁剃头，正好碰上钱家杀了两头年猪，准备刨毛，张带刀喊道："老爷，是先刨大的，还是先刨小的？"钱万刁答道："给我先刨。"张带刀说："是杀猪佬问您，先刨大猪的毛，还是先刨小猪的毛？给您刨，还要等我磨了刀子再喊您！"钱万刁没好气地说："再不准说'刨'。"张带刀问："不说'刨头'，说什么呢？"钱万刁说："说'砍'不是很好吗？"杀猪佬把两头年猪刨光以后，准备砍下猪头，张带刀又喊："老爷，是先砍大的，还是先砍小的？"钱万刁忙出来答道："给我先砍！"张带刀说："是杀猪佬问您，先砍大的猪头，还是先砍小的猪头？给您砍，还要等我戗了剃刀再喊您！"钱万刁生气地说："以后不准说'砍'！"张带刀问："不说'砍头'，说什么呢？"钱万刁说："'摸头'不是很文雅吗？"

钱万刁正在喝酒的时候，张带刀又喊道："老爷，别人已经摸光了，您还摸不摸的？"钱万刁不耐烦了，跑出来大骂道："浑蛋，我还上你的当？"张带刀说："我是说您的年猪肉被别人摸光了。"钱万刁一看年猪真的不见了，气得直捶桌子。张带刀说："老爷，这回轮到我给您'摸'了吧。"

（张科生讲述，覃章俊整理）

挖风根

　　有一天，张带刀的妻子找钱万刁借牛耕田，正碰上三姨太给钱万刁挖耳朵。当时钱万刁不肯借牛，便找了个借口，说："谁叫你来借牛借羊的，把我的'话把'打掉了！"三姨太也说："你赔了老爷的'话把'，就把牛借给你！"张带刀的妻子一听，转身就走了，回去把钱万刁要她赔"话把"的事向张带刀讲了。张带刀只笑了笑，提着剃头箱子就到钱家去了。

　　钱万刁见张带刀来了，忙说："我请都请不到呢，来得正好，快给我挖挖耳朵。"张带刀说："哎呀，老爷，我的挖耳勺被我堂客拿去啦！"钱万刁问："她拿去有什么用？"张带刀说："她讨厌这南风把牛吹病了，拿挖耳勺挖'风根'去了。"钱万刁说："别开玩笑，风哪有根呀？"张带刀说："是呀，老爷，话哪有把呢？"说完，提起剃头箱子就走了。钱万刁忙拉住张带刀说："你把牛牵去就不用挖风根啦！"

（黄婆婆讲述，覃章俊整理）

换个新脑袋

有一回，张带刀给钱万刁剃头，钱万刁说："你这破烂的剃头箱晓得是哪个朝代的，再不准提进我的门。要进门，非换个新剃头箱子不可！"

张带刀第二回给钱万刁剃头的时候，还是提的这个旧剃头箱子，不进钱家大门，就坐在门槛上，说："老爷，您这门我不敢进，您就坐在这门槛上，我给您剃头！"

钱万刁说："这成什么体统？还是进屋里来吧！"当他发现张带刀的剃头箱子还是那个旧的时，又笑着说："这回没换新的，我原谅你一回，扣你一个月工钱算啦！"

张带刀也笑着说："老爷，要进您的门可以，非要您换个新脑袋不可。您这脑袋晓得是哪个朝代的，再不准您拿这陈旧的脑袋让我剃。"张带刀见钱万刁在摸脑袋，又笑着说："这回没换新脑袋，我原谅您一回，就等到下个月剃算啦！"

钱万刁无可奈何，只好亲自把张带刀的破剃头箱子提进了门，工钱一文也没少给。

（刘士义讲述，覃章俊整理）

这是一回事

　　有一天，走在半路上，钱万刁和张带刀走得闷闷不乐。钱万刁故意挖苦张带刀："都说你张带刀很能干，可你在我的面前就能不起来。比方说，你给我剃了几十年的头，你就不敢站在我的前面去剃，连刮脸也只能站在我的后头刮脸。还有，你经常跟我出门，为什么不敢走在我的前面呢？"张带刀指着田里正在耕田的农夫说："老爷，您去问问他，这农夫耕了一辈子的田，为什么不在牛的前面走咧，这是一回事嘛！"钱万刁气得只打嗝。

（刘士义讲述，覃章俊整理）

吃谷的砣

　　有一年，钱万刁给张带刀称了三年的剃头谷，不到两箩筐。张带刀拿起秤砣一看，是空心的，就对钱万刁说："老爷，我就用这三年的工钱，买下这个秤砣。"钱万刁问："它值几何？"张带刀说："别看堆头不大，肚子可是个无底洞。

我三年的工钱，三十箩筐谷，它吃得只剩下两箩筐了。我拿回去非要它吐出来不可，要不，我就送它到县衙。"钱万刁害怕极了，连连说："唉，唉，这秤砣不卖！不卖！"这时，来了一批交课的农夫，张带刀硬是不准钱万刁换秤砣。钱万刁吃了个哑巴亏，从此，再也不敢用空心秤砣了。

（刘仁善讲述，覃章俊整理）

让他爬回去

轿夫们最怕抬钱万刁到青桐庙去敬菩萨，来回200多里，脚板磨起泡，肩膀脱层皮，都恨死了钱万刁。

这天，钱万刁又要去敬菩萨，张带刀知晓后拍了拍剃头箱子，向轿夫们讲了如何整治钱万刁的计谋。轿夫们把钱万刁抬到一石板桥上，迎面来了一个和尚。钱万刁一看和尚口里念念有词，连忙下轿磕头。过了一会儿，钱万刁要轿夫去问和尚说了些什么。轿夫问了一下，告诉钱万刁："和尚说老爷今天去还愿，为什么自己不走，要坐轿？菩萨说您心不诚，派和尚前来拦轿，不让您去了。"钱万刁听了，浑身颤抖得像弹棉花的弓弦，不住地朝和尚磕响头。轿夫们问："老爷，今天是听您的，还是听菩萨的？"钱万刁说：

"菩萨在上，菩萨在上。"轿夫说："既然听菩萨的，我们就把这和尚抬回去，请他跟菩萨说个情。"钱万刁哪知这和尚就是张带刀。轿夫们抬着张带刀，转了个弯，张带刀下了轿，说："我们快走，让钱万刁自己爬回去。"

（郭民顺讲述，覃章俊整理）

留一半明年剃

钱万刁自己赖账不说，还叫账房先生赖账。有一年腊月三十的晚上，账房先生剃头时，对张带刀说："今年的剃头钱，我留一半明年给！"张带刀说："后年给也行！"说完收起剃头刀子和剪子，提起剃头箱子就要走。账房先生一摸脑壳，说："哎，张带刀，还有一半没剃呢。"张带刀拍了拍剃头箱子，说："留一半明年剃。"账房先生没办法只得照付张带刀的全年剃头钱。

（李文辉讲述，覃章俊整理）

还是个大武官

有一年，张带刀的侄子张文武中了举，受到府台的器重，但他心里很不安，因为父亲和叔叔都是下九流（古代市井中低贱的阶层），子子孙孙不能当官。张文武把自己的心事写给了叔父张带刀。张带刀给府台写了一封信，说张父"管八国，耍刀箭，技艺到家，功夫到顶"。府台大人看到信后，跷起大拇指说："还是个大武官咧。"钱万刁知道此事后，告发了张文武，府台要追究张文武欺瞒上宪之罪。张带刀得知消息，提着剃头箱子赶到了府衙，为侄儿做证。

府台大人喝道："你瞒天过海，口出狂言，你管哪八国？又有好大的武艺？你敢比试比试吗？"张带刀把剃头箱子拍拍，说："大人，我剃头箱子难道不是八角（国）吗？"接着拿出刀、剪，说："我们玩这刀剪（箭），少说也有30年，干这一行的年年月月都是登门上户剃头，不是'技艺到家'吗？剃头就要剃头顶，不是'功夫到顶'吗？"张带刀又拿着刀剪，说："大人，您不是说要比试比试吗？我给您剃个吉祥头，包您满意！"

（刘士义讲述，覃章俊整理）

特来看相公

有一天，钱万刁请人捎信，要张带刀来给他的客人剃头。张带刀来了一看，是见过面的秃头秀才。晓得是钱万刁架的笼子。于是，转身就走。秀才问："你来了为什么转身要走呢？"张带刀说："我晓得你为什么要来。"秀才说："我知道你为什么要走。"接着要起文来："东门城外失火，幸得城内有人，不是女子来救，要烧到酉时三更。"寓指"烂（爛）肉好酒"。张带刀一听，是秃秀才挖苦他好酒贪杯，见没有摆"烂肉好酒"才转身走的，接着也要起文来："牛擦和尚的屋，两人抬一木，手遮目，木挨目，幺姑儿住个偏搭子屋。"说完就走了。秃秀才一听，已知张带刀用"特来（來）看相公"五个字谜回击他。

（胡成贵讲述，覃章俊整理）

是老爷吩咐的

有一天，钱万刁要进城接某个员外来家做客，临走时给长工们吩附了三件事：牵驴子、上楼刷夜壶、泡茶。钱万刁怕长工们忘记了，又写了张纸条贴在长工们的门上。

中午时分，张带刀来给长工剃头，看到了这张条子，字写在了一块儿，没有标点，心里暗想了一下，念道："牵驴子上楼，刷夜壶泡茶。"于是敲了几下剃头箱子，计上心来。

张带刀见长工把驴子牵来了，说："今天老爷出了门，你们都听我的，先把驴子牵到楼上去。"长工问："驴子爬不上去怎么办？"张带刀说："爬不上去就用棍子使劲儿打。"长工们好不容易把驴子赶上了楼，张带刀又叫长工们把夜壶刷了，泡了满满一夜壶茶，放在桌上。

钱万刁把客人接回来，一进门就听见驴子在楼上嚷嚷直叫，又看见夜壶泡的茶放在桌上，感到面子都丢尽了。他顿时火冒三丈，揪住长工就要打，张带刀连忙拉住钱万刁，指着纸条说："老爷，您亲笔写着'牵驴子上楼，刷夜壶泡茶'，怎么能怪长工呢？"张带刀又把纸条递给客人看，客人看了看说："钱老爷，这明明是您吩咐的嘛！"

（王岩头讲述，屈万兰整理）

李机明的故事

○
　○
　○

抬　轿

以前，湘鄂交界的界溪河边，出了一个机智聪明又能说会道的人，叫李机明。至今还流传着他的许多故事咧。

李机明靠抬轿子维持生活。一天，李机明与一个轿夫抬着财主的儿子讨账，回来时，财主的儿子讨了满满一袋铜钱，李机明心想，一定要整治他一下。走到岔路口，李机明"哎哟""哎哟"叫个不停。轿夫同伴问他怎么，他说肚子疼得厉害，轿子抬不动了，财主的儿子眼看天已擦黑，这山石小路又不好走，一时也没主意。李机明"哼"了一阵，对财主的儿子说："你给我们帮帮忙吧，你看你这么一个大个子，再加这袋铜钱，我们哪抬得动？你帮我们把钱袋背着吧。"财主的儿子为了早些回家，只好坐在轿子里把钱袋背在肩上。回到家里，财主的儿子全身湿透，连声叫苦："今天吃了亏（方言，很累的意思），吃了亏。"财主听后骂道：
"畜生，你轿子去、轿子回，吃了什么亏？"儿子说："轿夫
抬不动，我坐在轿子里帮他们把钱袋背着啊。"财主一听，
气得说不出话来。

（雷体义讲述，诸运素整理）

告　状

李机明的名声越来越大，人们有为难之事都来找他出
主意。一次，李机明来到黄土垱，在一棵大树下乘凉。一
个老汉对他说："这棵树扯了田里的肥，荫了田里的庄稼。
我要修剪枝丫，树老板又不肯，你能想个法子吗？"李机
明想了想说："行。"

当天晚上，李机明就写了一张状纸，要老汉第二天递
到县衙里去。县官升堂，打开状纸一看，只见上面写着："树
大招风，风吹堤动，树死根烂，河堤穿洞，此树不砍，后
患无穷。"县官想了想，挥笔判了个"砍"字。老汉拿着县
官的批文，马上将树砍了。

（雷体义讲述，诸运素整理）

断　案

　　从前，界溪河有一个财主，家大业大请了不少帮工。其中还有四个老太婆在他家专门纺线子。

　　老太婆们到他家以后，为了挣点钱养家糊口，她们做事很认真，纺线数量多、质量好。可是，财主却尖酸刻薄，给她们很少的工钱。不仅如此，财主对四个老太婆还百般挑剔，不是说她们纺的质量差，就说她们纺的数量少。不仅财主如此，就连他的两个儿子也经常有意刁难。四个老太婆既不敢怒也不敢言，只是对他们父子怀恨在心。

　　有一天，财主发现自己的线子被人偷了一大包，心里很着急，就连忙去找四个老太婆，结果也问不出下落。财主没法，就一竹篙打一船人，耍赖说："庙里拉屎来了鬼，反正我的线子不见了，就该你们四个认，不找你们我找哪个去？"财主这么一说，惹火了四个老太婆，她们硬要拉财主去打官司。正在这时候，轿夫李机明听到有人在吵架，连忙跑来看热闹，弄清楚了原因。他心想前两天我亲眼看见财主的幺儿做了见不得人的事，今天他老子偏要嫁祸于下人，我决不能眼睁睁地看着他冤枉好人，这件事我管定了。想罢，便对财主道："老爷休怒，此案不必大动干戈。

自古道，家丑不可外扬，船舱里不漏针，这点小事何必惊动官府呢？我保证帮你断个水落石出，否则三年的工钱我不要。"财主一听，觉得有理，就叫李机明立即将此案断清白，如断清此案重重有赏。李机明再三问老爷说话可算数。财主说："老夫从不撒谎。"

断案开始了，只见李机明往堂上一坐，吩咐两个帮工搬来六把大椅子，提了一篮子石灰，背来了一张大围席，然后在大堂正中用石灰画了一个大圆圈，并将圈内撒满了石灰，然后把六把大椅子放在圈内。一切安排妥当，叫来四个老太婆，而后，又叫财主把他两个儿子喊来。财主一听感到莫名其妙：我家的两个少爷为何也被怀疑？问李机明这是怎么回事。李机明忙说："老爷，您等一会儿就明白了。"

财主听后也只好应允。说罢，李机明叫他们六个人背靠背坐着，每人都将双脚伸出石灰圈外，然后吩咐两个帮工用围席将他们六人团团围住，把脚露在围席外。一切安排妥当，只见李机明拍案说道："来人，快把刀斧拿来，将偷了线子的双脚砍掉，丢出门外喂狗。"李机明这么一说，财主的幺儿吓得要命，连忙收缩了双脚。李机明看已达到目的，便起身掀倒围席。

此时，只见财主的幺儿还在用双手擦脚底的石灰，李机明对财主说："老爷呀，四个老太婆和您的大儿子无罪，只有您的幺儿做贼心虚，线子是他所偷。"财主一听，满脸红得像泼了猪血一样地走进了内屋……

（邓林沛讲述，邓林奎整理）

挖堰寻金猫

　　财主"钱开眼"，真是见钱眼开，平时小气得要命，一个钱恨不得分成两瓣花。他想挖一口大堰，又舍不得花钱请人，就欺负欠他租子的佃户李二柱，要李二柱挖堰抵债，并限定在一个月之内把堰挖出来。李二柱挖了几天，才只挖了一个小坑，急得无可奈何，因为欠债，又不敢作声。刚好李机明从这里路过，就问他一个人在这里挖坑做什么，他将"钱开眼"限期一个月挖堰的事说了，李机明马上给他出了个主意。

　　李二柱挖了一会儿堰，就急匆匆去找"钱开眼"，告诉他这口堰挖不得了，"钱开眼"忙问怎么挖不得，他告诉"钱开眼"说："地里埋有一块青石碑，上面写着不能挖。""钱开眼"不信，跑到地里一看，果然挖出一块青石碑，上面写着四句话：

　　此地乃是金猫窝，金猫窝里金猫多。

　　方圆一里禁动土，惊走金猫灵气脱。

"钱开眼"一见碑上刻着金猫窝，不由得大喜，就对李二柱说："给我挖，越有金猫越要挖，我再去多找些人来帮忙。""钱开眼"当真请了很多人来挖堰，一心想挖出金猫发大财。不几天，一口大堰挖成了，连金猫影子也没看到，"钱开眼"才晓得上了当。

（李成义讲述，傅章整理）

喊 彩

有个姓张的财主老爷修了一座砖瓦窑，他修窑时吝啬刻薄，引起了工人们不满。大家将遭遇诉之李机明，希望李机明能替他们出口气。一天张财主的砖瓦窑要开张，就请了一班狮子来热场，图个吉利。不料，李机明就是狮子班子里喊彩的师傅，等到喝了夜酒，得了赏钱，李机明喊了这样四句彩："青毛狮在仙山四脚顶张皮，恭喜你张老爷烧灰窑灰尽火熄。三月未开窑路断人稀，下八月算红账损了一万好几！"乐得众人哄堂大笑，张财主哭笑不得。

（彭高明讲述，皮远传整理）

杨树显灵

　　长工周先云的两亩耕地和财主钱老万的田交界。钱老万为了逼周先云卖田，就在交界的地方栽了一棵杨树。几年后，树大根深，枝叶把周先云的田荫了一大片，周先云惹不起钱老万，只好去找李机明想办法。李机明对周先云说："这件事包在我身上，你只给我买两挂鞭和一些纸钱就行了。"第二天，李机明把鞭吊在树上放了，纸也在树下烧了，又把杨树皮削了一块带回家去。有人问他为何在杨树下放鞭烧纸。李机明神秘地对别人说："你们还不晓得呀？昨天夜里神仙给我托梦，说这棵杨树大显威灵，有求必应。"经他这么一说，那些迷信的人一传十、十传百，都跑到杨树下烧香许愿，每个香客走时都带点树皮回去熬符水。几天以后，那棵杨树就成了一根枯桩，再也荫不到周先云的田了。

（万启全讲述，许弟华整理）

团窝说话

一家榨房和一家槽房住隔壁，为争一个团窝（篾具）扯皮。有人建议两家到县衙里去打官司，李机明晓得后说："这点芝麻小事何必小题大做呢？你看我来断。"李机明斜着眼看了看团窝说："这团窝是谁的，就叫团窝自己来说。"旁人问："这团窝怎么能开口讲话呢？"李机明把脸一沉说："好！它不开口，拿棍子来，打它。"李机明拿起棍子在团窝周围敲打了几下，顿时，陈芝麻、旧榨菜渣撒了一地。李机明指着地上的芝麻和榨菜渣问槽房老板："你槽房还熬芝麻榨菜酒啊？"槽房老板无言以对，怏怏地走了。

（熊辉鼎讲述，许弟华整理）

周结巴的故事

抬进抬出

从前，麻水有个周结巴，聪明伶俐，颇有辩才。有一天，地主要周结巴抬他到外面去游玩。周结巴说："老爷，对不起，我今天要把牛栏粪挑出去。"

老板说："挑牛栏粪是什么要紧的事情，明天再挑不迟。""不行啊，老爷，牛粪都堆平二级檩子了。""胡说，牛粪都堆平二级檩子了，那牛是怎样进出的？""哎呀，老爷，您不知道我每天都是请人抬进抬出的。"

（龚怀达讲述，肖国松整理）

搁石磙

地主总想刁难周结巴。一天，地主对周结巴说："你把石磙搁到树丫上，恐怕放在地上发霉了。"周结巴说："现在就搁！"说着，很快爬到一根树丫上对地主说："您给我递上来。"地主只好无可奈何地说："算了，让它霉烂去吧！"

（赵吉清讲述，王绪清整理）

燋田埂

农民常常将弯曲的竹木拉直，或将笔直的竹木拉弯，都会先把竹木放在火上烧烤一会儿，然后再拉，这样不容易断裂，这个过程松滋方言称"燋"。

一天，地主故意刁难周结巴，叫他把弯曲的田埂子燋直。周结巴二话没说，就挑了一捆稻草铺在弯曲的田埂上烧起来。地主看见了，发脾气说："你怎么在田埂上烧稻草咧！这火不把我田里的秧苗烫枯了！"周结巴说："你不是

叫我来燫田埂子吗？不把这弯处烧红，田埂子怎么燫得直
呀！"地主见势头不对，只好叫周结巴不燫了。

（王伯昌讲述并整理）

万唐的故事

○
○ ○
○

铲草皮

从前，杨林市有个叫万唐的人，聪明能干。但家里很穷，靠给地主帮工为生。不管地主怎样为难他，他都有法子对付，至今还流传着关于他的故事。

有一天，地主吩咐万唐铲草皮，他从早到晚不休息，铲的草皮收了两大堆。晚上回家后地主问他："万唐，你今天铲了多少草皮呀？""两堆。"地主听后很不满意地说："这么长的时间，你就只铲了两堆呀！"万唐不作声。

第二天，万唐铲子也不磨，吃完饭后就三铲子一堆，两铲子一堆；东一堆，西一堆，半天就铲了一百多堆，接着睡了半天觉。晚上回家后，地主又问他铲了多少。万唐说："今天铲了一百九十九堆半。"地主一听很满意，急忙又说："哎，怎么不干脆铲足两百堆呢？"万唐说："老板，您不知道，我正铲那半堆的时侯，突然爬来一只乌龟，摇头摆尾说'够了够了，不要铲了'，所以我就没铲足，要不是那乌龟……"没等万唐说完，地主抢着说："唉，那乌龟也真是，它哪里知道多少咧！"

（韩永香讲述，刘隆德整理）

巧戏假石匠

一天，有个地痞想出门骗点银子，便背着石匠用的工具，来到河边，正好与万唐同船。

"石匠"问万唐："听说此地有个名叫万唐的人，既混账又霸道？"万唐说："有这么个人。"地痞又吹牛皮说："你们这里的老爷们都不敢整治他，我倒要看他有多大的能耐。"万唐心想："这个坏东西好大的口气，我不让他讨顿打，他不知道我的厉害。"

就这样，一个有口，一个有心，在闲谈中，船快要拢岸了。万唐对"石匠"说："师傅，我家有条石磙，想改成两个猪槽，不知师傅能否动驾？""石匠"心想：今天运气真好，人没上岸送财喜的就来哒，我得向他多敲点银子。便对万唐说："伙计，石磙改猪槽是'索子穿针——难得捻'

啊！"万唐很慷慨地说："我知道是件难事。师傅，你看二两银子少不少？""石匠"高兴地应下来。

万唐领着"石匠"来到一个稻场，指着稻场边一条石碾说："师傅，就是这一条。""石匠"便动起手来，万唐客气地说："师傅，这就辛苦你啦，我到屋里提茶、拿烟来。"万唐走后，"石匠"得意地铆足劲儿，"叮叮"几大锤，把个石碾三下两下锤成了两截。"石匠"正准备挖槽，忽见七八条汉子追赶过来："哪来的杂种？敢在我稻场里砸石碾！""石匠"还没明白过来，七八根棍棒已落在身上。"石匠"双膝跪下连忙求饶："老爷们听我说啊，是你们的老板叫我来给他改猪槽的。""石匠"接着把"老板"是如何请他来改猪槽，以及他的样貌都说了一遍。这时，从人群内走出一个汉子说："只怕你是碰到了万唐吧？""石匠"这时才明白过来，心里暗暗叫苦。

（刘佳美讲述，高碧国整理）

夏喜儿的故事

。
。
。

千万别动手

有一天，夏喜儿挑了一担柴去街上卖，换肩时，撞上了街上的吴郎中。吴郎中大怒，挥拳欲打他。夏喜儿连忙给吴郎中跪下，说："您踢我几脚就好，千万别动手！"街上看热闹的人都很奇怪，问他为什么。夏喜儿说："脚踢未必会死，但是经了他的手必定活不成！"

（吕峰讲述并整理）

歇后语故事

毛子妈打车票——来迟哒一脚

20世纪70年代末，出行很不方便，乡镇到县城的班车就一两趟，而且要预先到窗口排队买票。沙道观有一名中年妇女，因儿子的乳名叫"毛子"，乡亲们称她"毛子妈"。一天，毛子妈给生产队长请了假，说到新江口办点事。还没到下午出工的时候毛子妈就回来了。邻居问："你没去新江口？这么快就回来哒？"毛子妈回答说："我去买票，售票员说来迟哒一脚，车子刚开走，我就回来哒。"这事被另一个人知道了，就抟了个局（松滋方言称讲歇后语为抟局）："毛子妈打车票——来迟哒一脚。"此话不胫而走，至今还挂在不少人的嘴边。

（杨德峰讲述并整理）

仁绪哥吃圆（丸）子——三区区儿

在涴市镇杨家垴和李家垴一带，凡年过 50 岁的人，大都会抟"仁绪哥吃圆（丸）子——三区区儿"这个局。话说 40 多年前，农民家里办红白喜事，桌上就七碗菜（称为"七星钱"）或十碗菜（称为"十碗"），但糕、圆（丸）子是必不可少的。由于生活物资极为匮乏，吃席便有了规矩：糕，每人三片；圆子，每人两个。一次，在一户人家的婚宴上发生了一件趣事：坐上席的一个客人蛮客气，总是让别人动筷吃菜后自己才吃。当他吃圆子的时候，发现碗中仅剩一个，就说："今天局长师傅（方言，即厨师）怎么搞的，把数字算错哒！"同桌客人面面相觑。这时，下席一个叫李仁绪的客人不紧不慢地说："我吃哒三区区儿"，引得哄堂大笑。旁席上一个客人边笑边说："仁绪哥吃圆子——三区区儿。"就这样，把一个"局"给抟成了。

（杨德峰讲述并整理）

谋翰吃鸡肝——上当不浅

民国时期新虞乡第七保有个人叫罗贻焕，能言善辩。一日，他与15岁的长子罗谋翰一同吃早饭，主菜是炖的一只鸡。谋翰上桌一伸筷子夹到了鸡肝，他爹也想吃鸡肝，一看急了，大声说道："生的。"谋翰听说是生的，把鸡肝又放到了炖钵里。他爹连忙一筷子把鸡肝夹到了自己的碗里，边吃边说："管它！生的熟的我吃了算了。"父子抢菜的这件事传出去了，有人问谋翰是真是假，谋翰说："上当不浅！"

后来，"谋翰吃鸡肝——上当不浅"，就成了一个局。

（谢学圣讲述并整理）

祥英回门——一处

在南海裴家场村有一居民叫祥英，1971年初夏出嫁到王家大湖。出嫁第二天，新郎、新娘要一道回新娘家。新郎要拜岳父岳母及家堂香火，这一习俗叫回门。新郎是娇客，不可怠慢，请人陪酒、陪玩。新郎高高兴兴玩了一整天，眼看天就要黑了才说要回去。有人问："到家该不会黑吧？"祥英扭头看了看西边的太阳，估计到家刚好天黑，于是就说："一处（方言，一触黑的省语。即夜幕降临的时候）！"大家听了哈哈大笑。

后来，裴家场一带的人每遇到事情办完刚好天黑，就会说：祥英回门———一处。

（谢学圣讲述并整理）

公佬爹问儿媳妇姓什么——要话说

老城东门外大堰头村，村民李家大爷生性乐呵，爱说笑话，儿子在老城供销社酒厂工作，翁媳在家务农，日出而作，日落而息，其乐融融，相安无事。

一年冬天，翁媳俩在火坑屋里烤火，火坑里火苗旺旺，翁媳无语，气氛沉闷。此时，李大爷为活跃气氛，便不经意地问儿媳妇说："姑儿啊！你姓什么呀？"儿媳妇反问公佬爹："爹呀！我嫁到您家里都有好几年了，我姓什么您还不知道啊？"李大爷笑答："伢儿啊！要话说哟！"于是，"公佬爹问儿媳妇姓什么——要话说！"就在老城作为无话找话的局流传至今。

（向光荣讲述并整理）

黄元洲赶碌——靠你了

20 世纪 60 年代的一个芒种时节，那天晴空万里、骄阳似火，正是夏粮脱粒整晒的关键时期。老城区组织机关事业单位干部下乡支农。兽医站黄元洲虽然住在农村，但他对农活接触很少。

下午稻场禾梗晒焦后，兽医站便派黄元洲去赶碌碾压，他对耕牛、猪的疾病十分精通，但对赶碌确实是个门外汉，从装碌架、挂轭头就弄反了方向，幸好旁边看热闹的老农及时指点，到牛起步时，他把牛背拍了两下，幽默地说："畜生，今天就靠你了！"弄得全场人哈哈大笑，从此就有了"黄元洲赶碌——靠你了"这个局。此话略带戏谑性，双方调侃时则喜欢指着对方说："靠你了！"一切尽在不言中，相视而笑！

（王德洪讲述并整理）

〈卷五　歇后语故事〉

杜茂伯请客——这就可以哒

20 世纪六七十年代，老城财贸有八大家（财政、税务、银行、工商、供销、食品、粮油、棉花），在那物质匮乏的节点，供销社和食品所可以说是令人羡慕的单位。当时食品所有个职工叫杜茂伯，关于他请客还流传着一个局！

话说杜茂伯，家住老城东街，妻子王广玉是老城小学的教师。一日，杜茂伯在食品所杀猪时，特意购买了猪肝、五花肉及下酒的顺风（猪耳朵），约请了所里几个好友到他家做客，同时还准备了老城供销社酒厂生产的"登云楼"瓶装酒。酒席间，女主人王老师为客人斟酒，谦虚地说道："招待不周，没有什么菜，还望各位包涵！"这时，男主人杜茂伯接过话随口说道："这就可以哒！"大家也就随声应和："这就可以哒！"从此以后，每遇谁家请客吃饭，席间若遇东道主讲客气，客人们免不了随口道："杜茂伯请客——这就可以哒！"逗得大家会心一笑。

（向光荣讲述并整理）

王道忠的尊称——恰恰

王道忠是原宝塔高级农业生产合作社的一名社员，人不出名，"恰恰"（方言读 qiá）出了名。他为人正直，说话和气，男女老少都合得来，日常生活中不可少他，打牌三缺一时，他一到恰是一副场子；赴宴坐席缺人，他一加入恰恰一桌。因此，"恰恰"便成了人们对他的尊称，很恰当。人家这样喊，他也不生气，认为是大家对他的信任。于是"王道忠的尊称——恰恰"就成了一个局。王道忠本人虽已经作古，但这个局现在老城集镇七八十岁的人，都记忆犹新。

（王德洪讲述并整理）

龚支书证婚——有说有笑，简明扼要

龚支书是合作化时期老城某党支部第一任书记，虽然没有进过学堂门，大字不识一个，但他记忆力好，能说会道，擅作对口白，为人又直爽，社里红白喜事他都必到。记得有一对夫妇结婚，请他为证婚人致辞。

他开门见山就说:"我是宾客、长辈和证婚人,集三种身份于一身。不放鞭炮不奏乐,来个打土锣!某某结婚合法,男二十女十八,父母没包办,媒人未插手,不害羞、不怕丑,恋爱自由。壁子屋对芦席门,叫作户对门当。结婚后和睦相处,同醉鸳鸯帐,来年生个胖娃娃,男女都一样。"婚礼现场气氛热烈,欢声笑语,大家都称赞"龚支书证婚——有说有笑,简明扼要"。

现在龚支书已经作古,这个局流传至今。

(王德洪讲述并整理)

杨文绪睡凉床——先苦后甜

老城镇大堰头有个村民叫杨文绪,20世纪60年代经济困难时期,他只身从四川来到老城给人家做了上门女婿。当时,是以队为基础,三级核算的农村经济体制,禁锢了农业生产力的发展,出门一条龙,上工一窝蜂,人在站,钟在转。杨文绪本想从山区来到湖区可以改变命运,没想到女方家里也是一贫如洗。房子破烂不堪不说,甚至连睡觉的床都没有,无奈只有睡凉床。

杨文绪并不灰心,自言自语道:"杨文绪睡凉床——先苦后甜！"后来随着改革开放，农村实行联产承包责任制，生产力极大解放，经济收入逐年增加，他们家里盖起了楼房，孩子们也相继成家找到了自己的幸福。一家人其乐融融，好不惬意！"杨文绪睡凉床——先苦后甜"就形成了一个局，杨文绪也苦尽甘来，梦想成真！

（向光荣讲述并整理）

刘家八老爷的姑娘——过水丘

在今陈店镇柏杨村黑石溪边，住着一户官宦人家，主人叫刘用宾，排行第八，人称八老爷。他是清道光癸巳年（1833）的进士，任过翰林院庶吉士，又出任四川乐山知县，颇有政绩，后来又因缉匪擒盗有功，署理嘉定知府，又被推荐为道员。但他刚40岁就厌倦仕途，告老还家，悠游林下。

八老爷虽然饱读诗书，可一提到他女儿的学业，八老爷就高兴不起来，私塾先生也头痛！旧时读书启蒙《三字经》《百家姓》《教儿经》等书籍是要倒背如流、烂熟于心的。可八老爷的女儿读书就是没有记性，长年跟着先生学习，但是一问她什么都不知道，甚至还闹出一些笑话。

黑石溪一条冲，上起双龙桥，下至龙头桥，中间横卧一条跑马堤，大畈农田用水都是拦截溪水自流灌溉，下游田块用水必须从上游田块流过，老百姓通常称灌溉用水时所经过的田块为"过水丘"。过水时田里哗哗直流，一旦不过水了，田就干了。松滋人常形容平时学习或听人讲话未入脑入心，事情一过就不记得了的人为"过水丘"。这个词用来形容八老爷的女儿再贴切不过，于是就有了这个局："刘家八老爷的姑娘——过水丘。"

（向光荣讲述并整理）

刘家八老爷嫁姑娘——好死他哒

刘家八老爷在黑石溪一带是标准的名门望族。八老爷辞官归乡后，穿戴很朴素，也没有官老爷的架子，与周边民众关系融洽，他还时不时与乡亲们讲讲笑话。

俗话说："男大当婚，女大当嫁。"返乡后不几年，他的女儿已长大成人，到了谈婚论嫁的时候。八老爷的女儿择偶，当然得门当户对啊！媒人上门为当地姜家公子提亲，姜家虽不能与刘家相提并论，也算是老门老户。婚事既定，迎娶事宜定当紧锣密鼓。八老爷免不了要筹办嫁妆，届时四十八抬少不了吧！迎娶之日，果然风光。迎娶队伍走后，女方客人盛赞八老爷嫁姑娘办得周到气派。八老爷戏谑地说道："嗯！好死他哒！"寓指让女儿婆家讨了好，便宜女婿了！后来，在当地每遇谁占人便宜的时候，"刘家八老爷嫁姑娘——好死他哒！"这个局就会脱口而出。

（向光荣讲述并整理）

书琴娶媳妇子——今（金）生不想

浣市镇大口村有罗金生、罗书琴两父子，靠打鱼为生。罗书琴的母亲早年病逝，父子俩孤苦伶仃，相依为命。家里没有个女人，生活过得十分窘迫。随着儿子罗书琴年龄渐大，找媳妇子就成了当务之急。后来，有位热心人帮他说了一个姑娘，父子俩满心欢喜。结婚那天，亲戚朋友都来祝贺。父亲罗金生更是忙里忙外，笑得合不拢嘴。有人看他这样高兴就逗他，说："你高兴啥呢？书琴弄（方言，娶的意思）媳妇子，您金生又不想。"大家哄堂大笑。

于是，"书琴娶媳妇子——今（金）生不想"就传开了。

（许弟华讲述并整理）

陶家铺的锅盔——吃也悔，不吃也悔

浣市镇陶家铺原是一个草泽渔湖之地，人们择高处而居，时间一长，逐渐形成了一个小集市，人们主要是在这里交换一些农副产品。有一陶姓人在此开了一家锅盔铺，苦于人流稀少，生意不大景气，于是他就想办法把锅盔做得大一些，但价格不变。有一外地客商打那经过，看见锅盔既大又便宜，于是就买了一袋子带回家去。回家以后，全家人一尝，大呼上当，原来里面掺的是些豆渣。后来，他逢人便说："陶家铺的锅盔——吃也悔，不吃也悔。"

（许弟华讲述并整理）

许甲洪清账——问题不大

原浣市新场大队会计许甲洪在修王家大湖时，出任大队事务长，主管全大队民工的生活。一年下来上级派人来清查账目，为了避嫌，采取"背靠背"的形式清理，许甲洪把账本交出来后就离开了。一天后，有人告诉他，有800

元钱不生肌（方言，指钱账不相符）。许甲洪说："问题不大，问题不大。"又过了一天，别人告诉他，搞清理的人给他赶了几百元的账，还剩几十元钱不生肌。许甲洪说："问题不大，问题不大。"最后别人告诉他，还剩几元钱不生肌。他又说："问题不大，问题不大。"清理组走后，全大队民工都在说："许甲洪清账——问题不大！"这个局通常指人遇到看似棘手的事情，但自己心中很有把握。

（许弟华讲述并整理）

樊家二老爷做官——快去快回

浣市镇大口村有一个小地名叫高家套，高家套住着一户樊姓人家。清光绪年间，有个叫樊曾明的人，家境贫寒，他苦读诗书却屡试不中，一年又一年，最终考取了贡生，有了当官的资格，但是朝廷无官可任，一直赋闲在家。

一天，樊曾明突然接到朝廷圣旨，外放到湖南慈利任县令。全族人欢天喜地，大摆宴席庆贺三天，选定黄道吉日让他走马上任。经过一路车马劳顿，樊曾明来到了湖南慈利县，刚到任三天就突然接到家里报丧，父亲病逝。樊曾明只好奏报朝廷，按礼制丁忧，回家守孝。近三年期满，朝廷令他仍然到慈利上任，他重返慈利县，准备好好做一回官老爷。于是安顿家眷，拜访当地士绅，刚刚尘埃落定，不出半月又接到家里报信，母亲病逝。樊家二老爷只好又奏报朝廷，收拾行装，回乡丁母忧。一晃又三个年头，他也心灰意懒，干脆辞官，从此再也没有出去做官了。"樊家二老爷做官——快去快回"这个局一直在当地流传。

（许弟华讲述并整理）

沈年凤给妹妹敬酒——头一炮要打响

原土桥大队女青年沈年玉出嫁。按本地风俗礼仪，婚礼前一天，娘家要设宴请 9 个未婚女青年来陪新娘，给新娘敬酒，俗称陪十姊妹、陪姑儿。过去宴席一般都上十大碗，当出第六碗菜时，新娘父母或哥嫂要选一代表提壶敬酒。敬酒词一般都是"陪嫁不多比不上别人家，心中有愧""希望新娘到婆家后要孝敬公婆，妯娌和睦""勤扒苦挣，夫妻恩爱，兴家立业"等。在陪沈年玉时，她父母推选她姐姐沈年凤提壶敬酒。沈年凤双手捧壶来到上席前，既激动又紧张，原本想好的敬酒词忘得一干二净，站了半天憋红了脸，说了一句："到了人家屋里，头一炮要打响。"意思是第一件事就要做好，给婆家人一个好印象。大家听了哄堂大笑。于是，就有了这个局。

（谢学圣讲述并整理）

王德怀的大花狗——顺毛摸

从前，为防盗贼，农村人家都养狗。狗的特点是：你越胆小它越咬你，你若跟它斗，它越咬越带劲。可是，王德怀喂的大花狗不同，见到生人来，大花狗就会到身边嗅，这时千万不能避让，也不能驱赶，让它嗅一会儿，再从它脑袋顺毛摸一下，它就会摇头摆尾地走开。否则就会咬一口，百试不爽。久而久之，都知道"王德怀的大花狗——顺毛摸"，这个局寓示我们在工作和生活中，对那些有脾气的人先要就势顺势，迂回婉转，不能硬拧。有时也借以骂那些脾气大、爱听好话之人。

王德洪讲述并整理

吴校长敬酒——先清

在老城南门外的姜家大堰下住着一户吴姓人家，主人名叫吴先清，他的小儿子曾在白龙埂小学当校长。

当时，学校老师们关系都很和谐，休息日常常聚在一起喝酒。一伙教书匠相互敬酒，兴致高昂。每到酒宴最后，就轮到校长敬酒，本地风俗叫作收壶或圆壶。此时，知道吴校长父亲名字的人，都想捉弄他一下。当他一个个满斟之后，按酒礼当然是先干为敬！于是，大家异口同声："吴校长敬酒——先清！"接着大家一饮而尽，会心一笑。后来这个局就流传开来。

（向光荣讲述并整理）

亲妈的儿子——干哥哥

松滋人有拜继亲爷亲妈的风俗，即认干爹干妈。过去孩子们一出生就要查生庚八字，往往有一些孩子"命里不好养"，算命先生就会建议拜继一些特殊人士为亲爷亲妈，有的要拜继僧尼，有的要拜继道士，有的要拜继麻子，等等，当然也有的是父母做主，拜继父母的朋友或者是当地有名望的人。拜继时要举行仪式，请媒人、证人、备礼设宴，磕头敬茶。逢年过节干儿干女都要备礼物登亲爷亲妈的门辞年送节，当然亲爷亲妈也会回礼物或礼金。干儿干女的地位是仅次于自家子女的，必须排在侄男侄女的前面，成为一门正儿八经的亲戚。一人亲，百人亲，那亲爷亲妈的子女也就称为干兄弟、干姊妹。松滋人常在自己或别人身无分文时，就会带调侃意味地说："某某是亲妈的儿子——干哥哥。"

（吕峰讲述并整理）

罗定远的妈看戏——值得研究

新中国成立后，老城区政府设在大地主兼资本家刘天佑的老宅，大宅上下两层，共几十个房间，可谓老城宅院之最。西边不远就是关帝庙，毁掉神像，拆除神台香炉，改为会场兼剧院。

当时，剧院常有外地剧团来这里演出，还有本地汉剧班子——自乐轩也时不时地登台演出。家住关帝庙后面的罗大妈很喜欢看戏，儿子罗定远也是个戏迷。一次，母子二人看了京剧《斩驸马》后，便与邻居一伙人在一起谈观后感，大家一致认为陈世美不认前妻，而且派人追杀母子三人，此人可恶，该斩！但有人则说"包公"胆子够大，虽然开封府有权问斩，但所斩之人毕竟是驸马爷，你斩了他，公主就要成为寡妇，皇帝饶得了他吗？大家你一言我一语，七嘴八舌各抒己见，然后就问一旁的罗大妈："您觉得咧？"罗大妈则说："值得研究！"就这样，"罗定远的妈看戏——值得研究"就成为一个局，传至如今。

（向光荣讲述并整理）

刘四看桥——弹都不弹

　　1971 年 9 月，连接宜都市枝城镇和枝江市顾家店镇的枝城长江大桥顺利通车。它是中国第三座跨越长江天堑的铁路、公路两用钢构桥，通车之后，很多人怀着一颗好奇的心前往参观。

　　当时，老城区城东公社群丰大队青年刘四，随着参观人群也去看桥。20 世纪 70 年代，松滋河淤塞没有现在严重，可以直接乘船到枝城。到达枝城港口弃船登岸，一伙人兴冲冲地攀爬登临枝城桥头，等待火车的到来。正当大家翘首以盼之际，一列满载货物的火车，随着一阵长鸣的气笛声疾驶而来，通过大桥。此时，刘四惊呼："这么长、这么重的火车压在桥上，怎么会弹（松滋方言读 sán，晃动的意思）都不弹啊！"大伙笑着说："这又不是你在水挑架子上挑一担水，还弹啊！""刘四看桥——弹都不弹"这个局就这样传开了。弹都不弹，即为不震动、不弹跳的意思。后来引申为形容某人心里不慌不怕，很镇定，不在乎。

（向光荣讲述并整理）

大辉嫁姑娘——背时又折人

松滋人将花了钱或丢了钱财称背时；将与人比不如人家，失了脸面称折人。民国时，小南海有个叫沈大辉的人，嫁女儿时遇到了灾年，女儿的嫁妆置办得不够丰厚，但是还是借债勉强应付过去了。婚礼时，亲朋好友都来贺喜，大家都会讲些客套话，如："大辉哥，你姑娘的陪嫁置办得好热闹哟！"大辉也客套地回答："与人家比，背时又折人。"于是就有了这个局。

（谢学圣讲述并整理）

陈启福得儿子——不关我的事

新中国成立前，风暴岭有一个青年叫陈启福，因年纪轻，家里大小事都是父母做主，他什么事也不管。陈启福16岁结婚，次年生了个儿子，全家人高兴得不得了。家里就筹备洗三、朝祝的事，他不管不问，逍遥自在地抱着儿子乐。左邻右舍的人见到他都说："启福，恭喜你得了儿子！"他立马回答："这不关我的事！"

后来，当地人遇到与己无关或想推诿的事，都会说：这是"陈启福得儿子——不关我的事！"

（谢学圣讲述并整理）

胡大妈卖盐茶蛋——不懒人的

原东风五队有位胡大妈，与儿子相依为命。因为智商较低，日子过得很艰难。

一日，胡大妈考虑做点小生意贴补家用。她儿子听了就说："前些天，有人送给我一个盐茶蛋，很好吃，您就煮盐茶蛋卖。"胡大妈也没有什么主见，就同意了。当时 7 分钱一个鸡蛋买来，在邻居张大妈的帮助下煮好了，胡大妈就提着盐茶蛋走家串户地卖，5 分钱一个。一个上午 50 个盐茶蛋就卖完了，胡大妈回到了家，邻居张大妈过来关心地问："卖了多少钱？多少钱一个？"胡大妈说："5 分钱一个卖的。"张大妈说："你 7 分钱买的，5 分钱卖，你折本了呀！你这图的什么？"胡大妈羞红着脸说："不懒人的啦。"于是这个局就产生了。明知做的事没什么收益，但又必须做，当地人就会传这个局。

（谢学圣讲述并整理）

张家三师娘钓鳊鱼——往开挤

从前，马峪河有位姓张的老妇，她老伴排行第三，所以乡邻都称她张家三师娘。这三师娘待人接物很吝啬。

一日，姑老爷来了，三师娘就说："姑爹，您就在我这里吃饭，只是我没有什么好菜招待。"姑老爷就说："没菜不要紧！您门口堰塘里有鱼，我来钓。"说着就找来钓竿钓起鱼来。三师娘心疼堰里的鱼，但又不好意思拒绝，只有默默祈祷鱼儿不要上钩。三师娘隔会儿就到堰塘边看看，过了一段时间，姑老爷内急，放下鱼竿上厕所去了，这时恰好有鱼咬钩。三师娘赶忙拿起鱼竿拖近一看，是一条大鳊鱼。她不想鱼儿被钓，就拉着鱼竿左右摇晃，意欲使鱼儿脱钩。晃了一会儿，见不起作用，眼看姑老爷上完厕所出来了，三师娘一着急将鱼竿朝堰塘中间掷去，忙对姑老爷说："这条鱼劲太大，把鱼竿都挤走了。"谁料，这一幕被树林中割牛草的老汉看得真切，这老汉就抟了一个局："张家三师娘钓鳊鱼——往开挤。"后来，当地民众凡遇到某人做事，结果事与愿违，朝相反的方向发展时就会说出这个局。

（杨祥俊讲述，熊韬整理）

尧庆老的水果行——不准谈酸

20世纪60年代初，刘家场镇河街有一家交易所，凡属当地人买卖牲畜、柴火、水果等，必须通过交易所进行。交易所有一个名为尧庆的人，年纪最大，大家都尊称他为尧庆老。尧庆老专门掌秤和定价，买卖中的斤两和价格由他说了算。

交易所另有一位女会计，专门负责记账和收付款。这个女会计有一个嗜好，每当有水果交易的时候，她总是拿几个水果先尝一尝，尝过之后，总是不停地喊"酸、酸、酸……"她这样的喊声，已经多次影响买卖的成交，当然也影响了交易所的收入。尧庆老曾多次私下嘱咐她："你尝水果可以，但以后不能当着买主和卖主的面不停地喊酸。"但她这张嘴巴已喊习惯了，哪里管得住！一次，她尝过几颗李子后，又开始"酸、酸、酸"地喊起来，尧庆老终于忍耐不住了，也顾不上她的面子，当着众人的面，对着女会计脸一横，吼道："我们的水果行，不准谈酸！"

这个场面，正好被一个在交易所买柴火的教书先生看到，便现场抟成了一个局：尧庆老的水果行——不准谈酸。此局不胫而走，传播广泛。每当有人在一起谈论是非、说长道短的时候，总会有人冒出一句：尧庆老的水果行——不准谈酸。

（杨祖新讲述并整理）

尧庆老听锣鼓声——刚刚一吃，抢的抢的吃

1954 年，刘家场老街一户人家为其户主做六十大寿，当地小有名气的尧庆老也在宴席之中。由于这年刚刚闹过水灾，日子都不是很宽裕，故而这寿宴桌席并不是很丰盛。

所邀请的人入席以后，因为好几年没有吃到可口的菜肴了，个个都不讲客气，都暗暗比着吃。不一会儿，十大碗一扫而光。正在此时，一帮跳狮子的人在大门口"呛呛起、呛呛起"响起了锣鼓。尧庆老起身站立，面对敲锣打鼓的人，指着满桌子的空碗和空盘，说："你们也别敲别打了，你们的锣鼓点子我也听懂了，不就是'刚刚一吃，抢的抢的吃'吗？"此话一出，满屋子都回荡着笑声。那个舞狮班专门负责"喊彩"的人，立马抟了一个局：尧庆老听锣鼓声——刚刚一吃，抢的抢的吃。顿时，全场爆发出雷鸣般的掌声。打此以后，这个局在当地广为流传。

（杨祖新讲述并整理）

狗子咬家公——六（肉）亲不认

隔堤有位做粮食买卖的刘掌柜，为人圆滑好攀附，欲将女儿许给村中首富郎中的儿子为妻，于是就托人说媒。郎中平日里阴损尖刻，怕人报复，就养了一只恶狼狗，看家护院。一日，媒人将儿女们的亲事说定了后，郎中就设宴接准亲家刘掌柜夫妇过门答谢。双方见面后，免不了一阵客套寒暄。然后刘掌柜就到准亲家的宅前院后转转，郎中的大狼狗没拴住，一下蹦出来，死咬刘掌柜的腿，顿时血流如注。幸好是在郎中家，主人三下五除二，给他处理了伤口，注射了疫苗。陪客中有好事者随口抟了一个局：狗子咬家公——六（肉）亲不认。众人听了哈哈大笑，缓和了气氛。家（gā）公，松滋方言，对外公的称谓，通常女婿也称老丈人为"家公老汉"。

(王伯昌讲述并整理)

接生婆带睡袄——不是一日之时

20世纪60年代，桃岭有个周婆婆经常帮人接生。有一天晚上，她正在给邻居帮忙，由于是力气活，身上发热，就将新睡袄（棉袄）脱了下来。突然，门外有人叫她，说附近杨家的媳妇要临盆，请她赶快过去。周婆婆给主东讲了一下，就迅速回家拿了几样工具与来人一起直奔杨家。到了杨家后，她询问、观察了一番，简单地布置了一下，就坐着与杨家房族婶娘们聊起天来。因为杨家媳妇是头胎，等的时间较长。她聊了一会儿，感觉有点冷，才想起来睡袄还脱在邻居家里，然后就吩咐杨家的儿子去帮她拿来。杨家的儿子年轻，没见过生孩子，听到自己老婆痛苦的叫声，非常担心，哪有心思给她拿袄子去咧！周婆婆叫了几遍，他也没去。周婆婆晓得他的心思，就说："伢儿啊！你快去给我把睡袄拿来，你再不去，还没等你看到儿子，恐怕就要先送走（死的意思）我周婆子啦！有我在，你放心。这还不是一日之时！"

堂屋内杨家的房族婶娘们马上就抟了个局：接生婆带睡袄——不是一日之时。当地人凡是遇到劝人不要心急，时间尚早，要耐心等待时就会讲出这个局。

（张远诚讲述，熊韬整理）

懒豆腐叫老人——唬鬼

农历七月十五为中元节，俗称月半。相传，自七月初七至七月十五中午，地狱门开，亡魂回阳间与亲人们团聚。所以，松滋人有过月半的习俗，而且有"年小月半大"的说法。凡家人已故未满三年者，从七月初七至七月初十任意选一日，整一桌丰盛的酒席，聚集家人至亲，于早上或中午祭奠，称"接新亡"。有的地方"接新亡"仅限于七月初十。凡三年内未有家人亡故的，则从七月十一至七月十五正午前，任选一日祭奠，称"接旧亡"。在桌席上也约定俗成，必须杀鸡，必须有冬瓜，南瓜、豇豆、榨辣椒、懒豆腐（豆渣）是不能上桌祭祀亡人的。松滋人将请亡人入席称为“叫老人”。

20世纪80年代，老城区有户刘姓人家共五兄弟，都各自成家立业，母亲已故多年。每年七月半，兄弟们都从十一至十五轮流设宴接亡人。幺媳妇很吝啬，兄弟们家“叫老人”时，她就陪着大吃大喝，每次轮到自己就拖拖拉拉、不情不愿。有一年，她的哥嫂们都照例一户一天设宴接了亡人，按理七月十五最后半天就应该轮到她设宴。仅剩半天，她也不接客，也不买菜，更别谈杀鸡了。她大嫂清早就到她家来看了一遍，结果冷火冷灶，灶上仅有一大碗懒豆腐，幺媳妇两口子已经吃完下田了，于是大嫂就怏怏地回去了。快到中午，大嫂又跑来看了一遍，见幺媳妇还是没有备宴祭奠先人的迹象。过了正午，大嫂实在憋不住，就问：“他幺妈，我们姊妹都过了月半，叫了老人。怎么就你不过月半，不叫老人呢？”幺媳妇遮遮掩掩地道：“我……我……我叫了呀！我清早就做了几个菜，叫了老人的！”她大嫂说：“你尽唬鬼（欺骗、糊弄的意思。唬，读若呼）！我早晨来看过了，你就做了一碗懒豆腐，难道你是用懒豆腐叫的老人？！”这句话不胫而走，于是，有人挎了个局：懒豆腐叫老人——唬鬼。

（熊韬讲述并整理）

后 记

　　《松滋民间故事》编纂工作动议于 2019 年年底，次年，松滋市委宣传部将之纳入《全市 2020 年意识形态和宣传思想文化工作要点》，交由松滋市诗词楹联学会具体完成。2020 年 4 月，成立临时编辑部，正式启动编纂工作，一方面市委宣传部动员松滋所属各乡镇（街道）宣传委员在各自辖区内进行搜集上报；另一方面，市诗词楹联学会组织专班人员深入街头巷尾、田间地头进行采访；同时，学会安排彭龙在 1991 年编印的《松滋县民间故事集》基础上进行精选。

　　两个月后，收获颇丰。专班人员采写了 260 则，彭龙遴选出 70 则，各乡镇（街道）宣传委员上报了 300 余则。乡镇（街道）报送的素材中，不乏有价值的资料，如向世强编的《洈水民间故事》，宁远俊采写的《土家故事集》电子文档，以及《斯家场镇地名故事汇编》等。八宝镇在党委书记邹锋的引领下，也为我们报送了许多不可多得的素材。经过编辑人员初步筛选后，汇集成 670 则故事初稿。

随后，编辑部经过漫长的分类、增删、修改、审校等工作，将无故事情节的、趣味性不浓的、丑化英雄与乡贤的、戏谑残疾人的、仇富的、低俗的、迷信色彩浓郁的予以汰除；将故事情节重复的，择优选一，抑或进行情节重组及艺术加工；将不合逻辑、不符史实的，在故事情节大体不变的前提下，能改则改，不能改则汰除；对篇幅冗长的，予以精简，且对叙述风格进行大致统一。五易其稿，力求将此书打造成集思想性、文学性、趣味性、权威性于一体的艺术经典，成为松滋市的一张"文化名片"。

本书的出版发行得到了各级领导和社会各界人士的大力支持。王德洪、向光荣、许弟华、谢学圣、文维福、艾立新、杨祖新等众多文化界同人虽已耄耋之龄，仍然笔耕不辍，为本书采写而奔走，杨德峰、文志祥、许健葵为本书审校而熬更守夜。大家都对本书倾注了满腔的热忱，可谓废寝忘食、呕心沥血。此外，特别感谢人民日报出版社领导与相关同志，他们为了该书的顺利出版付出了巨大努力。

最后，需要说明的是，本书在编纂过程中，严格按照"忠实记录、慎重整理"的原则，力求具有科学性、代表性、全面性和准确性。虽然力求精益求精，但实因编者经验不足、水平所限，囿于篇幅及其他原因，故而取舍不当或遗珠之憾在所难免，敬请各位方家、读者能予见谅和批评指正。

衷心祈盼广大读者能从本书中感受松滋文化，领略松滋民风，并有所启迪和感悟。

2023 年 6 月

后 记